JN065757

Contents

王太子に婚約破棄されたので、もうバカのふりはやめようと思います

◆プロローグ

コト……、と白のポーンが盤上を一マス進む。

灯りを落とし、わずかな蠟燭の炎だけで照らされるブリオール国の王妃バーバラの私室は、密談するにふさわしい静けさに包まれていた。

部屋からは侍女も追い出されて、蠟燭の炎が影を落とすチェス盤を挟んで二人きり。寝るには早いが、夜食を取るには遅い時分なので、手元のテーブルには濃いめのミルクティーだけを用意している。

いつもきっちりと一つに結い固めている金色の髪をほどき、クリーム色のナイトガウン姿のバーバラは、一見すると寛いでいるように見えるが、その翡翠色の瞳は油断のない色を宿していた。

対してチェス盤を挟んで向かい側に座る国王ジュールは、先ほどからずいぶんとご機嫌の様子でにこにこと微笑んでいる。盤上は国王の劣勢を示しているのに、なんとも気味の悪いことだと、白のビショップを動かす先を見極めながらバーバラは思う。

最近白いものが混じりはじめて、色が薄くなったように感じる茶色の前髪をいじりながら、にこにこ顔のジュールが口を開いた。

「バーバラ、賭けの話だが――」

バーバラはビショップを手に持ったままピタリと動きを止めた。怪訝そうな顔で夫を見上げる。

「賭け？　賭けならばわたくしの勝ちですわ」

「何を言う。アランはまだ即位していないではないか」

「即位するまで続けると言うのならさっさと玉座から降りてくださいませ。わたくしが今いくつだと思っていますの。いい加減諦めてほしいですわ」

「そなたは昔と変わらず美しいよ」

「……あなたも昔と変わらず、能天気で結構ですわね」

はあ、とバーバラは嘆息する。

「なるほど。そなたは早く賭けの勝敗を決めたいのだな」

「当たり前でしょう？　いったい何年――、いいえ、十何年この賭けをしていると思っていますの？　いい加減飽きました。大体、あなたはわたくしと賭けをして勝ったことなど一度もないではありませんか。さっさと諦めていただきたいですわ」

「男には譲れないものがあるのだ」

「意地を張りたいなら、わたくしを巻き込まないところでやってくださいませ」

何が譲れないだ、馬鹿馬鹿しい、とバーバラは心の中で毒づいた。この細目の狐親父め。またよからぬことを企んでいるに違いない。

妻が心の中で自分を罵倒していることに気づいたジュールは、灰色の目をさらに細める。

「そうプリプリするな。これはそなたにも悪い話ではないのだから」

「今まであなたがそうおっしゃって、いい話だったことなどありませんけれど」

「今度はいい話だぞ」

「どうだか」

ちょっとむかっとしたバーバラは、白のビショップで黒のナイトを討ち取ってやった。これでクイーンまでの道ができる。ニヤリと笑うと、盤上に視線を落としたジュールが顔色を変えた。

「ま、待て。今は話をしているのだから！」

「待ったところで結果は変わりませんでしょう？　……あと三手、どんなに粘ったとしても五手もあればわたくしの勝ちですわ」

「ぐぅ……！」

悔しそうに唸ったジュールは、必死に勝つ方法を練りはじめる。

これは時間がかかりそうだと判断した王妃は、ミルクティーで喉を潤したあと、手元に置いていた本を手に取った。

この負けず嫌いの狐顔の夫のことだ。勝てないとわかればあの手この手で言いがかりをつけて、勝敗がつく前にお開きにするつもりだろうことは容易に想像できる。かれこれ十五年ほど前から続けている「賭け」にしてもそうだった。

バーバラとジュールは昔からことあるごとに「賭け」をしている。というのも、なんでも自分の思い通りにしないと気がすまない国王に言うことを聞かせるには「賭け」を持ちかけるのが一番なのだ。勝敗をきっちりつけないと、ジュールは散々ごねて結局は自分の思う通りにことを進めてしまうのである。

婚約期間を含めると三十年以上のつきあいであるバーバラは、この男の性格を嫌というほど理解している。コテンパンにのして負けを認めさせない限り、この男は何度でも話を蒸し返して非常に面倒くさいのだ。

だが、たいていの賭けにおいて、ぐうの音も出ないほどにジュールをやり込めてきたバーバラも、十五年前にはじめた「賭け」だけは思い通りにいかなかった。いや、ほぼ王手までは追い詰めているのに、この男がいつまでたっても負けを認めないのである。

「陛下、早く次の手を打ってくださいませ」

キングを握りしめてあーでもないこーでもないと唸っているジュールに、バーバラはあきれ顔だ。キングを握りしめている時点で負けだと気がつかないのだろうか？　キングでほかの駒を討ち取ったとしても、次で返り討ちにされる。バーバラの白のキングはナイトとポーンに厳重に守られているのである。ジュールの黒のキングは到底届かない。

「そこはキングではなくてそっちのナイトを動かしたほうがいいと思いますわよ」

さすがに可哀そうになってきてバーバラが助言すると、ジュールがむっと眉を寄せた。

「今そうしようと思っていたのだ！」

キングを握りしめて何を言うか――、とバーバラはこっそり息をつく。

ブリオール国ではチェスは男性のゲームと言われている。しばらく戦争のない時代が続いているが、当たり前のように戦のあった時代では、戦略を考える練習になるからと、男子は子供のころよりチェスを習わされていた。今ではただの娯楽だが、その名残からか、女性はあまりチェスに手を出さない。それよりも刺繍やピアノなどを習えと言われる。

バーバラはジュールを負かすためだけにチェスを覚えたが、そういう背景もあって、妻に負けるのは夫の沽券にかかわるのだそうだ。馬鹿馬鹿しいと思う。

「あーもう！　やめだ！　今は重要な話をしているのだ！」

勝てないと判断したジュールが駒を放り出した。

負けるくらいなら勝負を中断させるのは、ジュールがいつもすることなので、バーバラはわかりましたと頷いて駒を片付ける。

百合の花が彫られた木箱の中に白の駒をおさめていると、ジュールが棚からウイスキーのボトルを持ってきた。カットグラスに三分の一ほど注いで手渡されたので、仕方なくバーバラは受け取る。ジュールと違ってウイスキーはあまり好きではないのだ。せめて蜂蜜を落としてほしい。

「それで、お話とは？」

「うむ。そろそろ玉座を降りようと思う」

「まあ……！」

本当にいい話だった。やっと賭けが終わるとバーバラが瞳を輝かせると、ジュールは久しぶりに見る妻の称賛に満ちた表情に満足して頷いた。

「それで、いつ？　いつアランに玉座を譲ってくださいますの？」

「うむ、そうだな……」

ずいっと身を乗り出したバーバラに、ジュールはなんなら抱きついてくれてもいいぞと満面の笑みで両手を広げる。だが、バーバラはそれをきれいに無視して、早く話せとテーブルを叩いた。

ちょっと面白くなさそうに唇を尖らせたジュールは、こほんと咳払いをしたのちにこう言った。

「『オリヴィア』が二十歳になったら玉座を降りようと思う」

バーバラは一瞬で笑みを消すと、腹の底から大きく息を吐き出した。

「まだあと三年もあるではありませんか！　この――狐親父!!」

いつまでもこの部屋に居座らずに出て行けと王妃に追い出された国王は、どうして王妃が怒ったのだろうと首をひねりながらも、とぼとぼと隣の自分の部屋に帰ったのだった。

◆一　婚約破棄と求婚

「オリヴィア・アトワール公爵令嬢！　貴殿の罪は王太子の婚約者という立場でありながら、妃教育を軽んじ、必要な教養を身に着けなかったことにある。よって、今日これをもってアトワール公爵令嬢と王太子アラン殿下の婚約は破棄！　かわりに、こちらの教養高き我が娘ティアナ・レモーネ伯爵令嬢を王太子殿下の婚約者とす！」

「……」

手元にある紙に書かれた文章を朗々と読み上げたレモーネ大臣に、オリヴィア・アトワール公爵令嬢は表情を取り繕いながらも内心であんぐりと口を開けた。

朝方突然「同行してください！」と城からの遣いに連れ出されて、いったいどんな緊急事態かと思えばこれだ。いや、ある意味オリヴィアにとっては緊急事態なのかもしれないが、正直言ってさっきまでの緊張は全部吹き飛んだ。どや顔で自分の娘を大絶賛し、いろいろ突っ込みどころ満載の罪状を朗々と読み上げた伯爵に対して、吹き出さないように堪えるほうが大変だった。この場には王太子のみならず、国王や重鎮たち――果てはオリヴィアの父であり宰相職にあるアトワール公爵もいるのだ。頼むから笑わせないでほしい。

（ええっと……、こういう場合ってどうしたらいいのかしら？　さすがに想定外すぎて対処方法がすぐに思いつかないわ……）

罪状の内容を指摘するのはまずいだろう。添削などもってのほか。だが、オリヴィアと同じように先ほどまで緊迫した雰囲気に包まれていた大広間は、レモーネ伯爵の読み上げた罪状のせいで、微妙な空気が漂っている。部屋の隅にいるのをいいことに、肩を震わせて笑っている大臣の姿もあった。王太子の婚約者が今まさに婚約を破棄されそうになっているというのに、茶番劇を見ているような顔の大臣もいる。この場で真面目な顔をしているのは目の前にいるレモーネ伯爵と、今年二十二になった王太子アラン。それからアランの腕にしなだれかかるようにして立っているレモーネ伯爵の愛娘ティアナだけだ。

ちらっと玉座の隣に立っている父イザックを見上げれば、怒りで顔を真っ赤に染めている。玉座に座っている国王は不気味なほどににこにこと笑っていた。王妃の姿が見えないので、この場には呼ばれていないのだろう。

この場で何も言わないと、よくわからない罪状を認めたことになるような気がして、オリヴィアは仕方なく「何もわかっていないふり」できょとんと首を傾げてみた。

「申し訳ございません、わたくしにはよく……わかりませんわ」

わからないポーズは板についている。視線を泳がせて、困った顔で微苦笑のような薄い笑みを浮かべ、頬に手を添えて首を傾げれば完璧である。

するとアランの腕に甘えたまま、ティアナが甲高い声で笑い出した。

「まあ！　オリヴィア様ったら！　こんなこともわからないの？　本当におバカさんなんだから！」

　無邪気に笑うティアナは、なるほど、この発言を無視すれば確かに可愛らしいかもしれない。薄い茶色の髪に同色の瞳。小柄で可憐な容姿は庇護欲をかき立てるだろう。だが、言っていることがこれっぽっちも可愛くない。しかし隣のアランには、それがとても可愛らしく映るらしく、優しい笑みを浮かべていた。オリヴィアに一度も見せたことのない笑みだ。

　すらりと長身のアランとは身長差がありすぎるが、こうして見るとまあ、お似合いの二人なのかもしれない。この場の微妙な空気を全く読まずに微笑めるのはある意味才能だろう。

（でもティアナにバカって言われるのは、さすがにちょっと傷つくわね……）

　オリヴィアは遠い目をした。

　ティアナは虎視眈々とアランを狙っていた。オリヴィアはそれをよく知っている。彼女はオリヴィアを陥れたくて仕方がないようで、過去にはいろいろな嫌がらせをされかけた。

　実際に嫌がらせに発展しなかったのは、そのどれもが未遂に終わったからだ。

　たとえば、オリヴィアはティアナに噴水に突き落とされかけたことがあったのだが、あのときはオリヴィアを突き落とそうとしたティアナのほうが噴水に落ちた。オリヴィアめがけて突進し、そのまま失敗して噴水にぼちゃんである。

　もっと言えば、城の階段でオリヴィアを突き飛ばそうとして自分が落ちたり、パーティーの席でオリヴィアにワインをかけようとして間違えてアランにかけたりとちょっと思い返すだけでいくつも思い当たることがある。

ことあるごとに失敗したティアナがピーピー泣きながら「オリヴィア様ったらひどいわ！」とわめいていたことを思い出したオリヴィアは、吹き出しかけた。

（ここで笑ったらまずいわ。でも、さすがにこれは冗談ではすまされないと思うのよ。お粗末すぎるというか……、まあ、わたし的には別にかまわないんだけど）

レモーネ伯爵はこの罪状を押し通す気だろう。オリヴィアはこの状況をひっくり返すことができるが、それをするのはちょっと面倒に思えた。なによりアランが幸せそうにティアナを見ているのだ。さすがにここに割って入る気にはなれないし、それをしたあとのティアナを想像するとこれまた面倒くさい。

それに、罪状で読み上げられた中に心当たりがないわけでもない。

オリヴィアは妃教育を「受けさせられなかった」し、必要な教養を身に着けていない「ふり」をした。なぜならそれが王太子アランの望みだったからだ。

オリヴィア本人は無自覚だが、彼女は天才である。

幼いころから本が好きだったこともあり、学ぶこと――すなわち、新しい知識を身に着けることが大好きで、記憶力も並外れてよかったため、気がつけば彼女の脳には膨大な知識が蓄積されていた。知っていても知らないふりをするという小技を身に着ける以前の子供のころには、大人をやり込めたことなど数知れず、六歳で稀代の才女という異名がつけられたほどである。
王太子――当時はただの王子だったが――であるアランの婚約者に選ばれたのも、アトワール公爵家の令嬢という身分的なことに加えて、オリヴィアの頭脳が買われたからにほかならない。

にもかかわらず――。

(『お前がいると私がバカのように思われるから、お前はこれからバカのふりをしろ。王妃教育は受けるな』って言ったのはアラン殿下のくせに、忘れちゃったのかしら?)

それを言われたのは子供のころのことだが、今までその約束を守ってきたオリヴィアに対して、王妃教育を軽んじた罪と言うのはあんまりだ。受けさせなかったくせに。

おそらく大人に何か言われたのだろう。ぷりぷり怒りながら、婚約して一年足らずの婚約者に向かってそんなことを言ったアラン王子にオリヴィアはあきれたが、王妃教育の教育官を取り上げられても特に困りはしなかった。なぜなら教育熱心な父によってたくさんの教育係をつけられて育ったオリヴィアは、未来の王妃として必要な知識ももれなく詰め込まれていたからだ。復習も大事だが、覚えたことの再教育を受けるくらいなら、新しい本が読みたかった。

オリヴィアはこっそりと国王を見上げた。国王は変わらず笑顔で、隣の父は怒りのあまりぷるぷると震えている。

(うーん……、これを止めないってことは、陛下ってば何か企んでいるのかしら?)

国王は古だぬきのような親父である。いや、顔立ちが狐に似ているから古狐だろうか。父が「また陛下に嵌められた！」と怒っているのを何度も見てきたオリヴィアは、嫌な予感を覚えずにはいられない。

どうしてあの国王から、アランのようなちょっと残念な王子が生まれてきたのだろうか。国王は頭の切れる男性なのに、遺伝というのはままならないものだ。

「オリヴィア、そなたの残念な頭はまだ状況を理解できないのか？」

オリヴィアが黙ったままでいたからだろう、アランが焦れたように声をかけてきた。このバカ王子は、今の状況になんの疑問も抱かないらしい。

王太子との婚約を破棄されるのは大変不名誉なことで、オリヴィアの将来にも大きな影響を及ぼすことになるだろうが――、なんだかもう、どうでもよくなってきた。アランと生涯をともにする必要がなくなったことは、むしろ喜ぶべきことなのではないかと思う。別にオリヴィア自身は、王妃になりたかったわけではない。

（でも……、このまま引き下がるのはちょっとムカつくわ）

オリヴィアにも矜持はあるのだ。その矜持は普段はあまり主張してこないが、さすがにここでは草むらから頭の先を出す程度には存在感を表してくる。多少の意趣返しはしておきたい。

この場で一番アランが腹を立てる発言はなんだろう？　どうすればやり込められるだろうか。ティアナは別にいい。言ったところで、自己肯定力の半端ない彼女には何も通じない。

オリヴィアは緋色のドレスを見下ろした。突然呼び出されて慌てたが、侍女のテイラーが大急ぎで完璧に身支度を整えてくれたので、どこを見ても非の打ちどころはない。出がけに鏡を確認したが、プラチナブロンドの髪もサイドを編み込まれて華やかな髪飾りでまとめられているし、うっすらと化粧を施された顔も、まあ悪くなかったと思う。

オリヴィアはドレスの裾をつまんで深く腰を落とすと、完璧としか言いようのない淑女の礼を取った。傾ける頭の角度、それに伴いさらりと落ちる髪、ドレスの裾の広がりから、薄く弧を描いた薔薇色の唇が相手に与える印象。すべて計算して、アランと婚約してから十一年の間で彼に見せたことのない、一番自分を美しく見せる礼を取る。

ハッとアランが息を呑んだ音が聞こえてきた。

(もう、自分を偽る必要なんてないもの)

がらりと別人のように雰囲気を変えたオリヴィアに、アランだけではなくこの場にいる誰もが――いや、ティアナ以外の全員が目を見開く。

「このたびは、ご婚約、誠におめでとうございます、アラン殿下」

「な――」

ことさらゆっくりと、完璧な発音と優雅さをもって祝いを述べたオリヴィアに、アランの顔が引きつった。

(もしかして殿下はわたしが泣きじゃくって縋りつくことを望んでいたのかしら。……そんな

無様なまねはしないわ）

愕然としていたアランの顔が、状況を理解するとともに真っ赤に染まっていく。オリヴィアの一言は、アランの矜持を傷つけるのには充分だった。つい数分前まで下に見ていた「捨てた女」であるオリヴィアが、満面の笑みでアランを祝福したのである。そこに未練は微塵もない。これでプライドが傷つかない男がいれば見てみたいものだ。

「オリヴィア、お前――」

「殿下。わたくしは今をもって殿下の婚約者ではなくなりました。どうぞ、アトワールと家名でお呼びいただけませんか？」

気安く呼び捨てるんじゃないわよと暗に言ってやると、アランの顔がますます真っ赤になった。怒りで震えながら、いかにしてオリヴィアを陥れてやろうか考えを巡らせているのがわかる。

だが、オリヴィアだって遠慮はしない。もうバカのふりをするつもりはない。不敬にならない程度に相手をやり込める術は知っている。

さて、どうとでも来い！　と応戦する気満々のオリヴィアが笑顔の下で拳を握りしめていると、突然広間の扉が開いて、次いで穏やかな声が響き渡った。

「申し訳ございません、遅れました」

ゆっくりと振り返ったオリヴィアに向かって、声の主が近づいてくる。

（……サイラス殿下？）

にこやかな微笑みとともに颯爽と歩いてくるのは、アランの二つ下の第二王子サイラスである。趣味は剣術という、日に焼けた浅黒い肌をしているアランとは対照的に、白い肌をした、兄王子よりは華奢な印象の第二王子。

鮮やかな金髪にサファイアのような瞳を持った、どこか中性的な匂いを漂わせる穏やかな王子は、オリヴィアの隣で足を止めた。彼の手には真っ赤な薔薇の花束が握られている。

「サイラス！　お前は呼んでいないぞ！」

アランが怒鳴るが、サイラスは微笑んだままそれをきれいさっぱり無視をして、ジュール国王を仰ぎ見た。

「父上、許可をいただいても」

「うむ、許そう」

それまで黙って事の成り行きを見守っていた国王が、はじめて口を開いた。なんの許可が必要なのだろうかと首をひねるオリヴィアの足元に、サイラスが跪く。

ギョッとしたのはオリヴィアだけではなかった。国王以外の全員が息を呑んで、オリヴィアに向かって花束を差し出すサイラスに視線を向ける。

「オリヴィア・アトワール公爵令嬢。僕と、結婚していただけませんか？」

「……え？」

オリヴィアの頭の中が真っ白になった。白紙のような脳裏に、「結婚していただけませんか?」という文字がふよふよと踊る。

(えええええ——!?)

脳裏で陽気にダンスを踊る「結婚」の二文字に、オリヴィアは優雅さもかなぐり捨ててあんぐりと口を開けた。

ちょっと待って——と言いかけたオリヴィアの声を遮るように、アランの怒号が飛ぶ。

「ふざけるな!」

アランのせいで出かかった言葉を呑むしかなかったオリヴィアは、さらに怒りを増して、今にも倒れそうなほどに震えているアランを振り返った。

「オリヴィアは私の婚約者だぞ! それを弟のお前が——」

「おや、兄上は先ほどオリヴィア・アトワール公爵令嬢との婚約の解消を望み、彼女もそれを了承した——、そう見受けられましたが違いましたか?」

アランの怒りを受け止めて、それをさらりと横に投げるかのように、サイラスが笑顔で首を傾げる。

アランは悔しそうに押し黙った。

息子たちのやり取りを面白そうに見下ろしていたジュール国王が、まだ状況の呑み込めていないオリヴィアに向かって言う。

「オリヴィア、急に呼び立ててすまなかったな。だが、そういうことだ。アランと婚約を解消したなら、サイラスと婚約を結び直してくれないだろうか？」

オリヴィアは弾かれたように顔を上げた。

にこにこと微笑む狐親父に、はあ、と息を吐いて額を押さえる宰相である父公爵。

（ははーん？　最初からこっちが目的だったのね……）

王の真意は測りかねるが、この茶番を止めなかったジュール国王は、最初からこれを狙っていたのだ。

オリヴィアは跪いたままのサイラスに、同情的な目を向けた。

（可哀そうに、きっと巻き込まれたんだわ……）

この場でサイラスに恥をかかせるわけにはいかない。

オリヴィアは彼から花束を受け取ると、満面の笑顔を返した。アランの存在はもう無視だ無視。

「サイラス殿下、綺麗な花束をありがとうございます。ですが、わたくし、まだ混乱しておりますの。よろしかったら少しお話しいたしませんか？」

王の目的はわからないが、憐（あわ）れなサイラスは救ってやらねばなるまい。

話と言われたサイラスは不思議そうな顔をしたが、わかったと小さく頷いた。

今年二十歳になったサイラスは、王妃に似た端整な顔立ちの王子である。

アランは国王よりも少し濃い栗色の髪に同色の瞳をしているが、サイラスは遠くからでもハッと目を引くような金色の髪をしている。

本が好きなサイラスはよく城の庭に建てられている図書館で読書を楽しんでおり、同じく暇さえあれば図書館に入り浸っていたオリヴィアは彼と顔を合わせる機会も多かった。だが、兄である王太子の婚約者と第二王子であるサイラスが二人きりで親密そうに会話をしていると周囲にあらぬ誤解をさせる危険があるため、彼とは短い世間話くらいしかしたことがない。

そのサイラスが、どうしてオリヴィアに求婚したのだろうか。

サイラスに招かれた彼の部屋で、ハーブティーを飲んで一息ついたオリヴィアは、無駄な会話をすべて省いて単刀直入に訊くことにした。

「先ほどの求婚は、陛下のご命令ですか？」

サイラスが肯定したら、この求婚を白紙に戻して、彼が不利益を被らない最善の策を提案しようと身構えていたオリヴィアだったが、彼がきょとんと首をひねったので、またしても頭の中が真っ白になってしまった。

「え？　なんで？　オリヴィアと結婚したいから求婚したんだけど……」

「へ？」

「ごめんね、本当はもっと早くに駆けつける予定だったんだけど、庭師が薔薇を切るのが遅くって、時間がかかってしまったんだ。でも、求婚に花束は必要でしょう？」

「は？」

「急かして棘が残ってしまったらオリヴィアの綺麗な手に傷をつけるかもしれないから、それもできなかったし」

「ちょ……！」

「花束はあと一回りくらい大きくしたかったんだけど、これ以上待っていたら間に合わないような気がして、慌てたよ。でも特に綺麗な薔薇を選んでもらったんだ。気に入ってくれたかな？」

「は、い……？」

いや、誰も花束の話なんてしていない。確かに綺麗だが、申し訳ないけれど今は薔薇の美しさはどうだっていい。

「今度贈るときは、もっともっと大きな花束を贈るからね」

「……」

だめだ、話が微妙にずれてしまった。どうしよう。

オリヴィアがこめかみを押さえて「うーん」と唸っていると、サイラスがくすくすと笑い出す。

「ごめんごめん。別に話をはぐらかしたわけじゃないよ。あの状況だったら、君が不思議に思っても仕方がないことも想定していた」

「じゃあ……！」

「うん。でも父上に命令はされてないよ。むしろ僕が頼み込んで求婚する場を作ってもらった」

「ええ!?」

ちょっと待てと腰を浮かしかけたオリヴィアに、サイラスは楽しそうにお菓子をすすめてくる。

「これは君のために用意させたんだよ。クルミがたっぷり入ったブラウニーに、マカロン、それからフロランタンに、そうそう、オレンジ風味のマドレーヌだよ」

「ええっと、じゃあ、マカロンを……ではなくて！」

この王子はもしかしたら、話をすり替えるのが得意なのだろうか？　またしても本題からずれそうになったオリヴィアは慌てる。

「どうして殿下がわたくしに求婚なさるのですか？」

「好きだからだよ？」

さらっと言われて、オリヴィアは絶句した。

耳の奥で「好きだから」という言葉がぐわんぐわんと反響し、その言葉の意味を理解しようと脳がフル回転をはじめる。

(好きってどういうこと？　この言葉にどんな意味があったかしら？　隣国フィラルーシュ語の好きには可愛いって意味があったわよね？　いやいや、違うわ！　じゃあレバノール国の古語の意味だったらどうかしら？　確か美しいって意味が——ああっ、違う！)

混乱したオリヴィアが、なんとかして「好き」の好き以外の意味で妥当なところを探していると、苦笑したサイラスがいつの間にか彼女の隣に回り込んでいた。そっと手を握られてハッとする。

「うーん、そこまで慌てられるとちょっと傷つくんだけど。まあ、今回は順番が悪かったから仕方がないのかな？」

「殿下……？」

「先に言っておくけれど、僕の言う好きには『好き』以外の意味はないからね」

「……っ」

「普段冷静なのに、こういうのは苦手なんだね、オリヴィア。ろくに愛情表現をしてこなかった兄上のせいなのだろうけど、まあ、僕としてはむしろラッキーかな？」

「……あぅ」

「僕はオリヴィアが好きだよ。どのくらい好きなのか教えてあげたいけれど、国中の花を全部用意させてもまだ足りないからちょっと難しいかなぁ。かわりに好きって一万回くらい言ったら信じてもらえ――」

「いいですいいです、そんなことしなくていいですからあああ！」

オリヴィアは両手で耳を覆った。なんという破廉恥なことを言うのだ。恥ずかしくて顔から火が出そうである。

「だってそんなそぶり一度も――」

「それはそうでしょ。オリヴィアは兄上の婚約者だったんだから」

「でも……！」

まだ信じられないオリヴィアに、サイラスは考えるように顎に手を当てた。

「ねえオリヴィア、じゃあ、僕のこの部屋を見てオリヴィアは何を思う？」

「え？　……そうですね、本がすごく多いなと思います」

サイラスの広い部屋の壁には大きな本棚がいくつも置いてあって、どの本棚にもびっしりと本が詰め込まれている。その中にはオリヴィアがまだ読んだことがないものもありそうだ。羨ましい。

「うん。本が好きなんだ。だから集めている」

「……えっと」

だからなんだろう？　本好きが本を集めるのは珍しいことではない。王子という身分であればどんな貴重な本でも手元に取り寄せることができるだろう。それこそ国中の――。

そこで、オリヴィアはハッとした。

本棚に並んでいる本に視線を這わせて、それからサイラスに視線を戻す。

「……殿下が図書館で読まれていた本もいくつもあります。どうして……」

サイラスが何を読んでいるのか気になっていたオリヴィアは、たまに彼の読んでいた本の題名をチェックしていた。面白そうな本なら読書リストに加えようと思っていたからだ。そのときにチェックして覚えていた題名の本が本棚には全部並んでいる。

「どうして、わざわざ図書館に……」

部屋にある本をわざわざ図書館の本棚から抜き取って読む必要はない。少なくともオリヴィアなら部屋で読む。図書館に行くのは、読んだことのない本がたくさんあるからだ。同じ本を持っているのに、わざわざ図書館で貸りて読む必要はないだろう。

(わたしが図書館に行ったときは決まって殿下もいて……)

わざわざ図書館に足を運んでいた理由。それにあたりをつけたオリヴィアの顔が、徐々に赤く染まっていく。

「ご想像通りだよ。君に会いたくて図書館に行っていた」

サイラスはオリヴィアの反応に気をよくしたようだ。

「ずっと好きだったんだよ。君は兄上の婚約者だったから諦めようと思っていたんだ。でも、兄上が君との婚約を解消しようとしていると知って、だったらもう我慢する必要はないかなと思った。君はもう誰の婚約者でもないのだから、僕が名乗りを上げたっていいだろう？　……条件付きだけど、父上の許可ももぎ取ったしね」

「条件？」

「あ、うん、気にしないで。こっちの話」

サイラスは誤魔化すように微笑む。

「もちろん、すぐに結論は出ないだろうし、出してもらわなくてもいいよ。でも、何も考えずに断るのはやめてほしい。せめて僕に時間をちょうだい？　全力で口説きに行くから、君が僕と婚約してもいいと思ったらこの話を受けてほしい」

オリヴィアはくらくらと眩暈を覚えた。

正直言って、王太子と婚約を破棄したあとで、すぐ次は考えられない。それに、サイラスのことを今までアランの弟王子でいつか家族になる人程度にしか思っていなかったから、いきなり好意を向けられてもかなり困る。王太子に婚約破棄されたという醜聞はこれからのオリヴィアの結婚問題に大きな影を落とすであろうし、この国にサイラス以上の好条件の男性はもういない。公爵家の利益だけを見るならば受けない理由がない。だが――。

（最善を選ぶならこの話は受けておくべきだけど……、利害だけで受けてしまったら、サイラス殿下に対してあまりに不誠実だわ）

幼いころに自分の意志とは関係なく婚約を決められたときとはわけが違う。彼はオリヴィアを好きだと言ったのだ。好きだと言われれば、好きを返さなくてはいけない。都合と利害だけで選んではいけない。だけど今のオリヴィアには彼へ「好き」は返せない。

　オリヴィアが眉を寄せると、サイラスはにこやかに続けた。

「じゃあ、考え方を変えてみて？　君は兄上と婚約を破棄した。このままだと好奇の目にさらされて、場合によっては縁談も遠のいてしまう。だけど僕が求婚していたら？　君の盾にならないかな？　少なくとも、君を軽んじて声をかけてくるようなバカな男はいなくなると思うけど」

「それだと、サイラス様を利用しているようなことになります」

「僕がいいんだから、それでいいんだよ」

「でも……」

　まだ躊躇(ためら)うオリヴィアの手を、サイラスは両手で握りしめた。

「ねえオリヴィア、さっきも言ったけれど、僕に時間をくれないかな？　僕は本気なんだよ。チェス盤と駒を用意しなければチェスもできない。せめて勝負だけはさせてほしい」

「そこまで、おっしゃるのであれば……」

　ここまで言われて、突っぱねることなどできない。

　オリヴィアが頷くと、サイラスはホッと息を吐き出して、彼女の手の甲に羽が触れるような軽いキスを落とした。

「ありがとう。絶対に君に好きだって言わせてみせるよ」

◆二　稀代の才女

オリヴィアは城からアトワール公爵邸へ戻ってくるなり、自室のベッドにぐったりと倒れ込んだ。

「疲れたわ……」

今日は想定外のことが起こりすぎてくたくたである。婚約者である王太子に婚約破棄されてその弟王子に求婚されるなんて、誰が想像できただろう。

(それにしてもティアナか……)

婚約破棄の件はともかく、アランの相手がティアナということになによりも驚いた。オリヴィアの罪状が「王妃教育を軽んじ、必要な教養を身に着けなかった」というのであれば、ティアナは聡明な女性なのだろう。父親であるレモーネ伯爵も大絶賛していたし。……到底信じられないが。

(だめね、よく知りもしないのに勝手に判断したら。本当に賢いのかもしれないし)

そう自分に言い聞かせつつも、ついつい過去のことを思い出してしまう。思い出せば思い出すほどこの国の未来に不安を覚えた。

(……大丈夫なのよ、ね？)

一番鮮明な記憶をたどったオリヴィアはベッドにうつぶせたまま眉をひそめた。

☆

それは、十日ほど前のことだ。

ブリオール国は春も半ばで、もう少ししたら社交シーズンも終わる。そのため、各家がパーティーを開く頻度も、冬のころと比べて大分少なくなっており、一足先に領地へ戻りはじめている人もいる。

そんな中、レヴィアン子爵家でダンスパーティーが開かれた。レヴィアン子爵の奥方の誕生日が春ごろで、愛妻家の彼は毎年この時期にパーティーを開くのだ。身分的なことを言えば、オリヴィアが出席しなくてはならないパーティーリストからは外されるのだが、パーティー自体の数が少なくなる時期でもあるので、予定はあいている。なにより、子爵の奥方が昔、オリヴィアの母ブロンシュの侍女を務めていたため、オリヴィアとアトワール公爵夫妻は、子爵家で開かれるパーティーへは、時間が許せば出席することが多いのだ。

オリヴィアが動けば、たいていアラン王太子も動く。オリヴィアのことを愚者だと鼻で嗤う彼はしかし、律儀な性格というか、婚約者をないがしろにはしない。パーティーには必ずパートナーとして出席してくれ、アランの内心はともかくとして理想的な優しい婚約者を演じてくれてはいた。

　パーティーにはティアナの姿もあった。誰とも婚約していない彼女は父であるレモーネ伯爵とともにパーティーに出席して、かなりの注目を集めていた。

　領地経営がうまくいっているのか、レモーネ伯爵は最近妙に羽振りがいい。絵画などの美術品を買いあさっていたり、新しい別荘を建てたりと、生活がずいぶんと派手になっている。

　そして、それに比例するように娘であるティアナや奥方のドレスや宝飾品も派手になっていた。

　ティアナはクリノリンで傘のようにスカート部分を大きく広げた、ひらっひらのローズピンクのドレスを着ていた。レースがふんだんに使われて、スカート部分には真珠がたくさん縫いつけられている。相当重いのか、歩く速度は非常にゆっくりで、スカートを広げすぎた彼女の進行方向には、みんなが遠慮して道をあけるために、一本線を引いたような妙な空間ができていた。

　大粒の真珠と大きなルビーのネックレスが細い首に不似合いなほどに主張している。

　ティアナは人々が自分を振り返るのにひどく満足そうであったが、オリヴィアは逆に心配になった。万が一転んだら、あれでは起き上がることもできないだろう。重すぎてダンスも踊れないかもしれないし、使っているクリノリンが大きすぎてパートナーが彼女の手を取ってリードもできない。

真珠とレースという流行は確かに取り入れてはいるものの、ドレスのデザインが斬新すぎた。好奇の目を向けている人たちの中から、そろそろ眉をひそめる人も出てくるだろう。あのドレスは室内で開かれるパーティーでは、ちょっと邪魔だ。

ちらりと隣のアランを見上げれば、彼も目を丸くしていた。王太子自ら注意に行く前に、ここは誰かを使ってそれとなくドレスを変えるよう教えてあげたほうがいいだろうか？　しかし本日はティアナの従兄（いとこ）の姿が見えない。レモーネ伯爵の弟の息子で、父が男爵の身分にあるティアナの従兄ロマンは、城で兵士として働いている。式典などで王太子とオリヴィアの護衛の任につくこともあって顔見知りで、気さくな性格をしていて話しやすい。彼がいれば、ティアナに助言を頼むことだってできたのに。

「まるで傘を開いて置いたようなドレスだな。う、うむ、なかなか新しい――、そうか、新しい流行を作ろうと考えているのだな」

アランが必死になって肯定的な意見を絞り出した。この様子だとティアナを諫（いさ）めに行くつもりはなさそうなので、オリヴィアはホッとする。王太子から注意を受ければ、ティアナはこの場にはいられなくなるだろうから。

とりあえず最大の心配は去った。だが、オリヴィアが予想した通り、特に年配の女性たちがティアナの装いに眉をひそめはじめた。主催者であるレヴィアン子爵夫妻の耳にも入ったのだろう。レヴィアン子爵夫人が友人の夫人たちを伴ってティアナのそばに寄るのが見える。

オリヴィアのいる場所からは、レヴィアン子爵夫人とティアナがどんな会話をしているのかは聞き取れなかったが、ティアナが顔を真っ赤にして怒り出したのを見る限り、子爵夫人に着替えてくるように言われたのだろう。ドレスのスカートをつかんで、子爵夫人を睨みつけていた。

（大丈夫なのかしら……？）

相手は子爵夫人だ。伯爵令嬢で、さらに父親が大臣職にあるティアナのほうが身分的にも上である。ここでティアナがごねれば、主催者とはいえ子爵夫人は困ることになるだろう。レモーネ伯爵まで出てきたらなお厄介だ。

王太子の婚約者であるオリヴィアが口を挟めば、強制的にオリヴィアの意見が通るので、あまりやりたくはない手段だが――、これはやむを得ないだろうか？　レヴィアン子爵夫人は母の元侍女で、今では母の大切な友人だ。オリヴィアにも優しく接してくれる素敵な女性だった。守ってあげたい。

（お母様はダンス中で動けないもの……、終わるまで待っていられないわ）

オリヴィアがアランに断りを入れて、仲裁に入ろうとしたときだった。

「レヴィアン子爵家は家を潰されたいらしいわね！」

ティアナの甲高い声がワルツの音をかき消すほどの音量をもって会場内に響き渡った。

（な――）

オリヴィアは目を見開いた。

(なんてことを言うの!?)

レモーネ伯爵家にレヴィアン子爵家を潰すほどの力はないだろう。だが、大臣だ。権力差は明らかである。王に進言してレヴィアン子爵家を取り潰すという脅しにも取られかねない。さすがにジュール国王はそんな言葉には耳を傾けないだろうが、そうとは知らないレヴィアン子爵夫人は真っ青になった。

(見ていられない……!)

レヴィアン子爵夫人のもとへと駆けつけようとしたオリヴィアの手を、アランが強く引いて押しとどめる。

「お前が入るべきではない」

「ですが——」

「第一、お前が入ってなんになる。お前のような人間が間に入れば、無駄にひっかき回すだけだ。無策で突っ込んでいこうとするな」

無策ではない。だが、愚者を演じ続けているオリヴィアは反論できない。バカを演じろと言ったのはアランなのに——、まるで本当にバカのように言わないでほしかった。

幸いなことに、ティアナの声でワルツが中断されて、オリヴィアの母であるブロンシュが駆けつけてくれた。レヴィアン子爵夫人をかばう位置に回り、ティアナを諫めるような声をかける。ティアナはかなり怒ったようだったが、公爵夫人を相手に文句をつけるようなことはしなかった。というか、できなかった。ブロンシュが仲裁に入ったのを見て慌てて駆けつけてきたレモーネ伯爵が、ティアナを連れて会場を出て行ったからだ。

騒動はおさまったが、パーティーどころではなくなってしまった。レヴィアン子爵夫人はすっかり落ち込んでしまったし、興がそがれたように退出する人も出てきた。

「私たちもここにいるべきではないだろうな。送ろう」

アランがそう言って踵を返す。

オリヴィアは心配そうにレヴィアン子爵夫人を振り返った。

（あとはお母様がなんとかしてくれるわよね。わたしでは何もできないわ……）

オリヴィアは数歩先で待っているアランを追いかけた。

☆

（あんなふうに我儘な発言をするようなティアナが、将来王妃になって大丈夫なのかしら？）

王太子妃や王妃ともなれば、どんなに我儘な言い分であっても権力で通ってしまう。振りかざした権力は切れ味の鋭い剣と同じだ。命を奪ったあとで慌てても取り返しはつかないのである。

（心配だわ……）

オリヴィアは憂鬱になる。

それにしても、どうして今日はあのような暴挙がまかり通ったのだろうか。

王太子の婚約破棄など、醜聞以外のなんでもない。オリヴィアも痛手を被ることになるが、王太子も無傷ではいられないはずだ。それこそオリヴィアが死罪を賜るほどの重罪を犯すなど、相応の理由があれば別の話ではあるが、この程度の理由で「婚約を破棄することにした！」とあっさり言えるはずがないし、してはならない。

（陛下はいったい何を企んでるのかしら？　絶対何か企んでいる目をしていたわ）

オリヴィアに国王の心情を知ることはできないが、王室の醜聞を出してまで得たい何かがあるのだろう。オリヴィアの知る限り、ジュール国王は大局を見る人だ。

けれども、息子の婚約破棄という醜聞以上に得られる益とはなんだろうか。

（ま、わたしにはもう関係のないことだけどね）

突然の婚約破棄に驚きこそしたものの、オリヴィアの中に怒りや悲しみという負の感情は沸き起こらなかった。むしろ清々したくらいだ。いったいいつまでバカのふりを続けさせる気だと辟易していたのだから。

王太子という身分で婚約者を捨てたという醜聞が彼自身にどういう影響を及ぼすか――、ちょっとだけ心配になるけれど、アランもそのくらいはわかっているはずだ。わかっていてティアナを選んだのならば、オリヴィアが彼のことを心配する必要はない。

そんなことよりも、サイラスの求婚のほうが重要問題だ。突然「好き」だなんて。そんなセリフ、アランにも言われたことがない。

（うう、恥ずかしい……！）

読書家であるオリヴィアは、当然のように恋愛小説にも手を出している。だがそれは、巷で流行しているような娯楽小説ではなく、古典小説だ。古典小説の言い回しは独特で、ストレートに「好きだ」という男子はいなかった。好きってなんだ好きって！　男性に好意を寄せられたのがはじめてだから、どうしていいのかわからない。

「オリヴィア様、ドレスが皺になりますわよ」

ベッドに突っ伏したままのオリヴィアに、侍女のテイラーがあきれ顔を向けた。

テイラーに手伝ってもらって、室内着の楽なワンピースに着替える。一つにまとめていたプラチナブロンドをほどけば、つややかでまっすぐな長い髪がすとんと背中に落ちてきた。

「ねえテイラー、サイラス様に求婚されちゃったわ」

「ええ、聞き及んでおります！」

テイラーはぱあっと顔を輝かせた。

テイラーはオリヴィアがアランに婚約破棄されてサイラスから求婚を受けたことについて、事前に聞かされていたようだ。もともとアランにいい感情を抱いていなかったテイラーは、むしろ主人がいけ好かない男に嫁がなくてすんでラッキーくらいに思っている様子である。

「素敵ではございませんか！　サイラス殿下なら大賛成です！」

本当にもろ手をあげて喜ぶテイラーにオリヴィアは苦笑した。

テイラーはオリヴィアが、アラン王子から王妃教育の教育官を取り上げられてバカのふりをするように命令されたことを知っているから、とにかくアランが嫌いなのだ。王子でなければ殴ってやるのにと息巻くほどに。その点、穏やかでいつも微笑をたたえているサイラスのことは大好きで、いつだったか、「お嬢様にはサイラス殿下のほうがお似合いです」と残念そうに言っていた。

オリヴィアも、真面目で勤勉で、控えめで目立つような行動を好まないサイラスにはいい印象を持っている。派手好きなアランとは正反対の王子だ。

「もちろん、お受けになるんですよね⁉」

「まだ考え中よ」

「……お嬢様」

途端にテイラーが非難めいた視線を向ける。

「どうしてですか。サイラス殿下ですよ？　絶対お嬢様を大切にしてくださいますし、なによりあの麗しい容姿！　お綺麗なお嬢様と並んで立つと、絵画のような――って、聞いていますか？」

ティラーが主（あるじ）であるオリヴィアのことを大好きなのは昔からだ。身内の欲目のようなもので、ことあるごとにオリヴィアを絶賛してくれるのだが、むず痒いのでやめてほしい。

「お嬢様はもっと鏡を見るべきです！」

「鏡なら毎日見ているけど……」

「そういう意味ではございません！」

可愛い、美人だと言ってくれるけれど、オリヴィアは女性の平均身長より少し高いくらいで、それほど可愛げがある容姿でもないと思う。ティアナがよく身に着けているような、ひらひらふわふわなドレスは、間違いなく似合わないだろうし。

「サイラス様には、わたしよりももっと可愛らしい女性が似合うと思うのよ」

「まさか、それがお話をお受けするのを躊躇っている理由ですか？」

「ううん、そうじゃないんだけど……。サイラス様はわたしのことが好きだって言うのよね」

「まあああ！」

ティラーが両手を胸の前で組んでうっとりした。

「素敵です！　まるで物語のよう……ん？　お嬢様？　サイラス殿下はお嬢様のことが好きだとおっしゃったのですよね？　まさかそれが躊躇っている理由とか、そんなこと言いませんよね？」

「その通りよ？」

「なぜ!?」

ぐわっと噛みつかんばかりに詰め寄られて、オリヴィアはたじろいだ。今日のテイラーはころころ表情が変わりすぎて、ちょっと怖い。

「だ、だって、わたしはまだサイラス様のことを好きになれるかどうかわからないし……」

人間的な意味でいうならば、好感度は高い。だが、その好きとサイラスの言う好きが違うのだから、同じ好きが返せるかどうかわからないオリヴィアがサイラスの手を取るわけにはいかない。

オリヴィアが説明すると、テイラーは額を押さえた。

「わたくしには全く理解できない理屈ではございますね。お嬢様は頭がいいせいか少々変です。好かれていてなおかつ嫌悪感を抱いていないのならばお受けするべきではございませんか。お断りしますと即答しない程度には好感をお持ちなのでしょう?」

「でも……」

テイラーはぴっと人差し指を立てた。

「いいですかお嬢様。時には勢いのままに突き進むのも大切ですわよ。女は度胸です。くだらないことで悩んでいたら、欲しいものもどこかに消えてしまいます!」

さすがに一生を左右する問題を勢いでは決められないなとオリヴィアは思ったけれど、テイラーの剣幕が恐ろしいので、それを口にするのはやめておくことにした。

☆

サイラスがアトワール公爵邸にやってきたのは、王太子アランから婚約破棄を告げられた日から数えて二日後のことだった。

王太子の婚約者でなくなったオリヴィアは、アランの仕事の手伝いで城に行く必要もなくなって、その分を大好きな読書時間にあてていた。

サイラスから求婚された件については父イザックも、母ブロンシュも何も言わなかったので、オリヴィア自身の判断で答えを出していいものだと認識している。

それにしても、アランと婚約していたときのオリヴィアは、自分で思うよりも多忙だったらしい。

城へ出向くのはほとんど日課のようなものになっていたが、それがなくなっただけで毎日がとても暇になった。この機会に、読書以外の趣味を見つけてもいいかもしれない。

(城の図書館に自由に出入りできなくなったことだけが残念だけど)

王太子の婚約者だったオリヴィアは、城の庭に建てられている図書館への出入りが自由だった。だが、アランと関係がなくなった今では、毎回入館申請をしなければならない。ちなみに、貴重な本がたくさんおさめられている図書館への入館申請は、許可が下りるまで一週間以上かかることもあった。つまり、もう簡単には入れない。

「まだ読みたい本がたくさんあったのになぁ……」

執事のモーテンスが困ったような顔で部屋にやってきたのは、オリヴィアがつい落胆を口に出して嘆息したときだった。

「お嬢様、サイラス殿下がお見えです」

「なんですって？」

オリヴィアは膝の上に本を広げたまま目を丸くした。

さっき馬車の音が聞こえたから、来客があったことには気がついていた。だが、それがサイラスだとは想像だにしなかったのだ。

「わたしに用事？　……先ぶれなんて受け取ってないけど」

王族が来訪する場合、必ずと言っていいほど先ぶれがある。主が不在にしていて王族に不快な思いをさせないためでもあるが、なにより突然来られてはなんの準備もできなくて困るからだ。

「お父様は……、お仕事よね？」

「はい。朝方、登城なさいました」

父がいないので、サイラスの相手は母が務めているらしい。

「テイラー、着替えを手伝って。モーテンス、少しお待ちいただく時間はあるかしら？」

「それは大丈夫かと。急ぐ必要はないと殿下もおっしゃっていましたし」

「わかったわ。支度をすませたら降りるから、お母様にもう少しお相手をお願いしておいて」

「かしこまりました」

モーテンスが一礼して部屋から出て行く。急いでいても一つ一つの所作が美しい我が家の執事が、廊下を歩きながら彼の補佐をしている執事見習いのポールに、王子の用が終わるまで別室で待っている従者たちに飲み物と軽食を出すように指示を出すのが聞こえた。細かいところまで気が回る有能な執事である。

モーテンスが去ると、テイラーが急いで二着のドレスを持ってきた。淡いイエローのドレスと、濃いブルーのドレスだ。イエローのドレスはふんわりしたシフォンドレスで、ブルーのドレスは裾があまり広がらないタイプの、生地の光沢が美しいドレス。それぞれのドレスに合わせて、髪飾りやアクセサリー、靴もすべて用意されている。

「ブルーにしましょう」

サイラスの瞳の色がサファイアのような青だから、それに合わせる意味でブルーのドレスを選ぶ。

部屋着からドレスに着替えると、テイラーが手早く髪をまとめて、大粒の真珠の髪飾りで飾ってくれた。イヤリングは髪飾りに合わせて真珠、首には小ぶりのダイアモンドのネックレスだ。サイラスに失礼なので、アランから過去に贈られたものは一切取り入れない。どれが誰からのプレゼントか、わかるように選別しているテイラーはさすがだ。

　支度を終えたオリヴィアが、急いで、しかし優雅に階段を下りていくと、階下のサロンから「まあ、うふふ」と楽しそうな声が聞こえてきた。母ブロンシュの声だ。まるで少女のように華やかな笑い声をあげているブロンシュに、オリヴィアは首をひねりつつサロンに入った。

　オリヴィアが入っていくと、サイラスが顔を上げ、相手を務めていたブロンシュは立ち上がった。

　上機嫌のブロンシュがスキップでもしそうな軽い足取りで入口にいるオリヴィアに近づいてくる。

「では、わたくしは失礼するわね。……いいこと？　くれぐれも仲良くね」

　最後に低く念押しして、ブロンシュがサロンを出て行くと、オリヴィアはため息をつきたくなった。

（なるほど……、すっかりサイラス殿下を気に入っちゃったわけね）

　サイラスが母に何を言ったのかはわからないが、すっかりブロンシュの心を摑んだらしい。

　アランの一件があったから、次の婚約はできるだけオリヴィアの意思を尊重――とかなんとか言っていたが、これは雲行きが怪しくなってきた。父だけでも味方につけておかないと、気づいたときには外堀が埋められていたということになりかねない。

　サロンに来るのが遅くなったことを詫びつつ、オリヴィアが席に着くと、サイラスが笑顔で花束を差し出してきた。特大の真っ赤な薔薇の花束だ。どうでもいいが、サイラスは赤い薔薇が好きなのだろうか？　二日前、次はもっと大きな花束を贈ると言っていたが、それを実行に移したようで、両手で受け取っても、ずっしりと重い。

「ごきげんよう、殿下。本日はどうなさいましたの？」

メイドが追加のティーセットを用意して去ったあとでオリヴィアは訊ねた。先ぶれもなく突然来たのだから、よほど急ぎの要件だと思ったのだ。

サイラスは少しだけ表情を曇らせた。

「君に用意されていた、城の部屋があるだろう？　あの部屋なのだけど、君のかわりにティアナが使うことになったからそれを伝えに。急がないと君の私物が処分されそうな勢いだったし」

「ああ……、あの部屋ですか」

部屋の件は、オリヴィアにも予想がついていた。オリヴィアは王太子の婚約者でなくなったのだから、城の部屋が取り上げられてもおかしくない。私物は多くは持ち込んではいなかったが、捨てられる可能性を考慮して回収する手はずは整えていた。

「申し訳ございません、わざわざそのことでご足労を……」

本音を言えば、その程度のことならわざわざサイラスが足を運ばなくても誰かに言づけるなり、手紙で伝えるなり、もっとほかの方法があっただろうと言いたい。これではまるでオリヴィアがサイラスを使っているようにも取られてしまう。

サイラスは困ったように頬をかいた。

「あー、うん。というのは実は建前なんだけど」

「建前?」

サイラスは「これはまだ内緒なんだけどね」と口元に人差し指を立てる。

「実はね、来月あたりにフィラルーシュ国のエドワール王太子がいらっしゃることになっているんだ。毎年来られるから、君もお会いしたことがあるだろう? それで、いつもの歓迎パーティーを開くのだけど……」

フィラルーシュ国はブリオール国の西に国境がある隣国だ。国王同士仲がよく、王太子エドワールも親睦を兼ねて一年に一、二度こちらの国を訪れる。社交シーズンのはじまりと終わりに来ることが多いので、そろそろかと思っていたが、今年はいつもより少し遅いようだ。来月では社交シーズンが終わるか終わらないかというギリギリのラインだろう。

フィラルーシュの王太子の歓迎パーティーであれば、少なくとも侯爵以上の家には全員招待状が配られる。公爵家であるアトワール家には確実に招待状が届くだろう。

(なるほど、そういうことね)

王太子アランから婚約破棄された身ではあるが、オリヴィアが公爵令嬢であることは変わらない。出席義務があるのだ。けれどもアランがティアナを伴って出席するなら、オリヴィアは肩身の狭い思いをすることになるだろう。

「……わたくしを殿下のパートナーにしてくださるということでしょうか？」

「うん。君が嫌でなければだけど」

　ここでサイラスの手を取らなければ、オリヴィアは十中八九、一人で参加することになる。兄には婚約者がいるのでオリヴィアと一緒には参加できない。

「わたくしをパートナーにしてもいいことなんてないでしょうに……」

　サイラスの誘いはオリヴィアにとっては願ってもないことだったが、サイラス自身にさほどの得もないように感じる。兄が捨てた女を伴って出席したら、彼が好奇の視線にさらされることだろう。

　サイラスはあきれたような顔で笑った。

「オリヴィア。僕は君は記憶力がいいほうだと思っていたんだけど……」

「え？」

「二日前に言ったでしょう？　僕は君を口説いている最中なんだよ？」

「あ……」

　つい損得勘定で考えてしまったオリヴィアは、サイラスの言葉に真っ赤になった。

　オリヴィアの反応に気をよくしたサイラスが、片目をつむって言う。

「そういうわけだから、オリヴィア・アトワール公爵令嬢？　君に恋する憐れな僕に慈悲をいただけませんでしょうか？」

「……殿下」

オリヴィアが真っ赤な顔で小さく睨むと、サイラスは楽しそうに声をあげて笑った。

☆

オリヴィアからフィラルーシュの王太子エドワールの歓迎パーティーのパートナーについて色よい返事をもらえたサイラスは、上機嫌で帰途についた。

「楽しそうですね、殿下」

「当然だよ、コリン。オリヴィアが僕のパートナーだ」

コリンはサイラスの護衛官である。サイラスより八歳年上のコリンは、サイラスが十歳のときからそばにいる信頼できる男だった。兄であるアランよりも気を許せる相手だ。

コリンは短く刈った黒髪を撫でながら、馬車の窓から外を見やる。

「それにしても……、まさかこうも殿下に都合よく事が運ぶとは思いませんでしたね」

「うん。それは僕も思う。だって半分諦めていたんだからね」

コリンと同じように馬車の窓に視線を向けると、大通りではたくさんの人がこちらを注目していた。王家の紋章の入った馬車はいやでも目立つのだ。

王政を敷くブリオール国では、どうしても王族に注目が集まる。王家の支持率が下がれば、不満を持った市民がクーデターを起こす可能性だって否めない。そのため、サイラスたち王族は、常に民の目を気にして生活しなくてはならないのだ。自由に見えて、王族は意外と窮屈なのである。

（だから、まさか父上が兄上の暴挙を許すとは思えなかったんだよね）

幸いなことに、ブリオール国ではもう二百年以上も平和な時代が続いている。だが、それで気が緩めば、いつ国が傾くとも限らない。一瞬の気の緩みと驕りが、すべてを滅ぼすことになるのは歴史を紐解けば明らかだ。

それゆえ、サイラスに言わせれば、今回のアランが起こした婚約破棄騒動は、王家への批判を集めかねない愚行である。けれども、本来は決して喜んではいけないその愚行を、サイラスは喜んだ。オリヴィアを手に入れる絶好の機会だったからだ。

だが、せっかくの好機も、父に邪魔をされては意味がない。サイラスは、父はなんとしてもアランの愚行を止めると思っていた。だから――。

「まあ、課題はすべて片付いたわけではないけれどね」

サイラスは窓の外の人々に向けて優雅に手を振り返しながら、そっと目を閉じた。

☆

サイラスがオリヴィアに興味を持ったきっかけは、本当に些細なことだった。

兄であるアランの婚約者として紹介されたのは、エメラルド色の瞳を好奇心と知性でキラキラと輝かせた、利発そうな六歳の女の子だった。

事実、オリヴィアは頭のいい女の子で、サイラスが最初にそれを感じたのは、彼女が大人たちの会話を正しく理解していると気がついたときだった。

なるほど、父ジュールは未来の王妃として適任すぎる人材を見つけてきたのだと、当時九歳だったサイラスは子供ながらに感心したものだ。少なくとも王妃はバカでは務まらないからだ。

けれども当時サイラスがオリヴィアに感じたのは、頭のよさそうな可愛らしい少女、というだけのことだった。

サイラスがオリヴィアのある変化に気がついたのは、二年ほどあと――、オリヴィアが八歳、サイラスが十一歳のころのことだ。

サイラスとアランの兄弟仲はさほどよくない。険悪というわけではないが、よく言えば互いに無関心。悪く言えば「どうでもいい」。その一言に尽きる。

体を動かすことが好きなアランと、部屋に籠って本を読んでいるほうが好きなサイラスでは行動範囲も違い、子供のころは食事も父母とともにせず、それぞれの部屋で取っていたため、互いに顔を合わせることはほとんどなかった。

母バーバラは、次期国王であるアランの教育に熱心で、頻繁に部屋に呼びつけていたようだが、サイラスに言わせれば母の教育は失敗したと言える。なぜなら、兄は母のつけた教育官を撒くのが得意で、いつも勉強をさぼっていたからだ。それに気づいたバーバラがこめかみを押さえながら、まだ十三歳で仕事もない王子に補佐官バックスをつけたときはちょっとあきれた。「いいですか、サイラス。あなたは第二王子なのですから、将来国王になるアランをしっかりと支えるのですよ」

口を開けばこんなことを言う母のことは、ちょっと苦手だった。次期国王であるアランの心配ばかりしていた母だが、決してサイラスに冷淡だったわけではない。けれども、子供の目には明らかにそれは贔屓に感じたし、父と母がそろっている席で、父が「サイラスが王になってもいいのだぞ」と言ったときに、母に「サイラスは興味がないでしょう」と言われると突き放されている感じがした。

そういうわけで、サイラスは十を過ぎるころにはすっかり兄も母も苦手で、自分から近寄ろうとはしなかったので、アランの婚約者であるオリヴィアに会うこともほとんどなかった。せいぜい、彼女が中庭で本を読んでいる姿を目にすることがあったくらいだ。

どうやらオリヴィアは本が好きらしく、自分と趣味が合いそうだと思ったときは、彼女がすでに兄の婚約者であったことを残念に感じたけれど仕方がない。兄の婚約者でなければ、本の話題で盛り上がることもできたのにと、兄に大切な友人候補を取り上げられたような気がした。

そんなある日のことだった。

体を動かすことが好きではないとはいえ、王子ともなれば教育カリキュラムの中に剣術が含まれる。そのころにはすでに護衛官としてそばにいたコリンに「何事も経験ですから」と励まされながら、剣術の授業を受けて、ぐったりとしながら部屋に戻ろうと廊下を歩いていたときだった。

——どうしてオリヴィア様なのかしら？

——お妃教育を拒否されたらしいわよ。

——幼いとはいえ、あそこまで無知な方が婚約者で、アラン殿下は大丈夫なのかしら？

聞こえてきたメイドたちの噂話に、サイラスは耳を疑った。

（どういうことだ……？）

ほとんど面識がないとはいえ、メイドたちが噂しているオリヴィアと、サイラスが記憶しているオリヴィアの人物像が一致しない。

もしもメイドたちが言うことがすべて本当ならば、オリヴィアをこのままにしておくことは危険すぎた。王子として看過(かんか)できない。王妃教育を拒否するほどの愚者に、この国の次期王妃の座を委ねるわけにはいかないからだ。

サイラスがこのまま王となった兄を補佐する立場に回ることになった場合、あくまで補佐の立場であるサイラスでは王妃となったオリヴィアを諫めることはできない。兄があの調子では、あの二人に国を任せるのは危険すぎる。

サイラスは別に王になりたいわけではないが、この国を滅茶苦茶(めちゃくちゃ)にされそうになれば黙ってはいられない。直(ただ)ちに対策を練るべきだと思った。

幸いにして、オリヴィアはまだ八歳。充分に軌道修正ができるだろう。兄をどうこうするよりはよっぽど楽だ。

サイラスはオリヴィアが庭の図書館に出入りしていることを知っていた。

城の裏手の庭に建てられたレンガ造りの二階建ての図書館には、古いものから新しいものまで、多くの本がおさめられている。その中には子供でも読める物語も多数あるから、オリヴィアはそれを目当てに図書館に通っているのだろう。

汗をかいた服を着替えて図書館に向かえば、オリヴィアは窓際の机で本を読んでいた。

サイラスは声をかけようと思って近づき、けれどもオリヴィアが読んでいる本に気がついてぎくりと足を止めた。

オリヴィアが開いている分厚いあの本は――、法律書だ。

サイラスは目を疑った。十一歳のサイラスでさえ、難しすぎて書いてあることがほとんど理解できないようなものである。教師から法律について学んでいるが、教科書として用意されているこの法律書はまだ、六ページ分しか進んでいない。最初の六ページを理解するだけでも一か月かかった。

それなのに、サイラスが苦戦している法律書を、オリヴィアはすでに半分以上も読み進めているようだった。しかもページを繰る手には迷いがなく、一定間隔で次のページに進んでいる。

(……稀代の、才女)

アランの婚約者に名前があがったときに、誰だったか、オリヴィアをそう呼んだ男がいた。

あのときは冗談やおべっかだろうと思っていたが、今、その言葉がサイラスの頭に大きな存在感をもって蘇る。

もし――、もし、だ。オリヴィアが「稀代の才女」と呼ばれるほどの天才なのであれば、どうしてメイドたちはさっきのような噂話をしていたのだろうか。

サイラスは離れた席に座ると、オリヴィアをぼんやりと観察することにした。

思えば、このときすでにサイラスの中でオリヴィアが『特別』になっていたのだろう。

その『特別』の意味を自覚するのは何年も先のことになるが、少なくともサイラスの中で、オリヴィアが兄の婚約者以上の存在になったのは、この瞬間に間違いなかった。

☆

それから十一年。

二十歳になったサイラスは血相を変えて、ジュール国王の私室へ急いでいた。

今朝がた、とんでもない情報を入手したのだ。その真偽を確かめたい。

慌ただしく父王の部屋に飛び込めば、王はまるで息子が来るのを知っていたかのように笑顔で出迎えた。

「そろそろ来るころだと思っていたよ」

「兄上がオリヴィアとの婚約を解消するというのは本当ですか!?」

挨拶(あいさつ)もそこそこにサイラスが詰め寄れば、ジュールは肩をすくめて見せた。

もともと人払いがされていた部屋の中には王以外誰もいなかったが、彼はしーっと唇に指を立てた。

「そんなに大声を出すものじゃない。まだ公(おおやけ)にしていないんだから」

「じゃあ……、本当なんですね」

「そうだな」

「そうだなって――」

まあ座りなさいとソファをすすめられて、サイラスは渋々腰を下ろす。

ティーセットを用意すると言ってメイドが呼びつけられたため、早く話の続きがしたいサイラスはそわそわしながらメイドが紅茶を用意するのを待った。優雅さなんてどうでもいいからさっさと準備して出て行ってくれという言葉が喉元まで出かかるが、ぐっと堪える。対面でにこにこしている父の顔もムカつく。その顔に茶請けのクリームパイを投げつけてやりたい。

優雅さはとろさだと誤認しているきらいのあるメイドがようやく出て行くと、サイラスはキッとジュールを睨みつけた。

「どうしてですか！　オリヴィアになんの落ち度があると？」

「うーん、アランが――というより、レモーネが言うには、王妃教育を拒否して、無知なところ、らしいな。面白いな。はっはっは」

「はっはっは、じゃありません。ちっとも面白くないでしょう！　レモーネ伯爵が言い出したってまさか、ティアナを推すつもりじゃ……」

「そのまさかだよ」

「国が亡びる！」

サイラスが悲鳴のような声を出すと、ジュール国王は細い目を三日月のようににんまりとさせた。

「いやあ、困ったな」

「全然困った顔をしていないじゃないですか！」

「いやいや困っているぞ？　私はてっきりお前がオリヴィアをくれと言い出すのかと思ったのに、国の心配か。そうかそうか」

「……ぐ」

父にはサイラスの本音がだだ漏れだったらしい。確かに、アランとの婚約を解消するなら、なんとかしてオリヴィアを自分の婚約者にもらえないかと考えていた。それに、本当に婚約破棄をするのならばすぐに手を打たないといけない。兄が傷つけたオリヴィアのもとに颯爽と駆けつけて好感度をアップするのだ。うん、それしかない。

「お前は普段は頭がいいのに、こういうことを考えるときは幼稚だな」

「何か言いましたか？」

「王太子が婚約破棄をした女性を、その弟の婚約者として認めると思うか？」

「……」

外聞が悪いと言われて、サイラスは沈黙した。そうだろう。それはわかる。だけど――。

「……どうしたら、オリヴィアに求婚するチャンスをいただけますか？」

「どうしたらいいと思う？」

にやにや笑いの父が本心からムカつく。

葉巻一本分なら考える時間をやると言って、ジュール国王が木製の葉巻ケースから葉巻を一本取り出した。先を切って火をつけると、ふーと煙を吐き出す。紫煙がくゆりながら天井に吸い込まれていく。独特の香りが部屋に広がって、サイラスは目の前の紅茶を飲む気が一気に失せた。葉巻は紳士のたしなみらしいが、サイラスは好まない。

（どうしたら……）

父のことだ。サイラスが父の満足する答えを出さなかった場合、どんな手段を使ってでも妨害してくるだろう。昔からそうだ。父は優しいし、どちらかと言えばサイラスに甘いが、かといって手放しでなんでも許してくれるわけではない。常に何かを試されている気がして、たまに落ち着かない。

オリヴィアは美人だ。そして相当な才媛。うかうかしているとほかの男にかっさらわれる。その相手が国内の貴族ならば、あまりよろしくはないが圧力をかけるという最終手段も取れるだろう。だが、他国の貴族や王族であればそうはいかない。

サイラスがオリヴィアを手に入れられるかどうかは、ここで父を味方につけられるかどうかにかかっている。

（兄上はティアナを次の婚約者に選ぶらしい。ティアナは王妃の器ではない。何を考えているのかわからないけど、父上が困っているのは本当だろう。父上が望むことはなんだ？　婚約破棄を止めること？　いや、それだと僕がオリヴィアに求婚できない。じゃあ——）

ジュール国王はオリヴィアを気に入っている。それは間違いない。手放すつもりはないはずだ。ならば——。

サイラスはぐっと拳を握りしめた。

（結局この人の手のひらの上か……）

面白くないなと思いながらも、サイラスに残された道はこれしかない。

「父上。父上のお好きな『賭け』をしませんか？」

ふーっと煙を吐き出して、ジュール国王は面白そうに目を瞬かせた。

「賭けの内容を聞こう」

サイラスは大きく息を吐き出すことで最後の葛藤(かっとう)を腹の中から追い出して、顔を上げた。

「それは――……」

◆三　書類仕事が回ってきました

アランはイライラと爪先で机を叩いた。

目の前に山になっている書類はどれもアランの決裁待ちだ。

「おい、どうしてこんなにあるんだ」

アランが苛立(いらだ)ちもそのままに補佐官であるバックスを睨めば、彼は禿(は)げかかった頭を撫でながら言いにくそうに口を開いた。

「ですが殿下、書類はいつもこのくらいありましたよ？」

「バカな！　いつもはこの十分の一くらいだったはずだ！」

「それは……」

バックスは言いにくそうに口ごもった。

アランが国政を手伝うようになってから、割り振られる彼の仕事は常にこのくらいはあった。それは間違いない。それぞれの省庁から王もしくは王太子の決裁が必要な書類を引き取ってくるのはバックスなのだから、いつもどのくらいの量が回ってきていたか知らないはずがないのだ。だが、そこにはとあるカラクリがあって、アランの手元に回っていた書類が今の十分の一に見えていただけである。

「それはなんだ！　さっさと答えろ！」

一気に仕事が十倍になったように感じているアランの苛立ちは相当なもののようだ。

彼は暇を見つけては乗馬を楽しんだり、剣を振ったりしていた。書類仕事が大嫌いで、常に外に出たい彼が、目の前の書類の山にうんざりするのは当然である。

バックスは諦めて、今までのカラクリについて説明することにした。

「殿下。これまでは、実はアトワール公爵令嬢がほとんど片付けてくださっていたんです。殿下に回る前にアトワール公爵令嬢が選別して、殿下が目を通さないといけないものだけをお届けしていました。ほら……、王妃殿下や王太子妃殿下は仕事の補佐をする許可を与えられていますから……。オリヴィア様は婚約者様でございましたが、陛下が特別に許可を出していらっしゃいましたし」

バックスはちらちらとアランの顔を見ながら小声で言った。

バックスが言いにくいのにはわけがある。実は、国王に直訴したのはバックスなのだ。アランはすぐに部屋から逃げ出して遊びに行ってしまうので、一向に仕事が片付かない。それどころか、仕事が山になっていると機嫌が悪くなって当たり散らす。期限までに書類が返せなくて各省庁からはチクチク厭味(いやみ)を言われて胃に穴があきそうで、このままでは胃潰瘍になるとバックスは王に泣きついた。

ちょうどバックスが泣きつきに行ったときにオリヴィアがいて、優しい彼女が救いの手を差し伸べてくれたのだ。王もオリヴィアならば問題ないと判断し、以来、アランには内緒で仕事をしてくれていたのである。

オリヴィアが仕分けして、十分の一になった書類でさえ文句を言って片付かないのに、どうしてこの秘密が言えようか。言えるはずがない。言ったら最後、矜持を傷つけられて怒り狂ったアランの手によってバックスの首が飛ぶ。

「オリヴィアが⁉」

よほど驚いたのか、アランが椅子から立ち上がった。

勢いよく立ち上がったせいで、執務机の上の書類がばらばらと床に散乱する。

せっかく分類して積んでおいたのにと真っ青になったバックスが書類をかき集めるが、そんなことはおかまいなしのアランはイライラと叫んだ。

「バカなことを言うな！　あの女にできるはずがないだろう！　オリヴィアは王妃教育も受けていない無能ものだぞ！」

「ええっと……」

バックスは返答に困った。床に這いつくばったまま、そっと視線を逸らす。バカはお前だと言いたかったが、もちろん言えるはずもない。

どういうわけかアランをはじめ、城の使用人たちの多くはオリヴィアのことを愚者だと思っているが、とんでもない。バックスや、過去にアランの身勝手に振り回されてきた人間からすれば、オリヴィアは女神のような人物だ。彼女がいたから、これまでなんとか仕事が回っていたのである。そのため、今回の婚約破棄騒動では、オリヴィア信者から大きな不満が出て、バックスはそれをなだめるのも大変だった。本当はバックスだって「ふざけんなバカ王子！」と叫びたかったのに、それをぐっと堪えて、王子への不満の声をあげる省庁各位をなだめて回っているのだ。

だがやはり、これもアランには言えない。言えるはずがない。さてどう誤魔化そうかとバックスが頭を抱えたくなったとき、突然アランが手を叩いた。

「そうか！　わかったぞ！　オリヴィアめ、頭の切れる誰かを雇ったな！　そうに違いない！」

どうしてそうなる。

バックスは頭を抱えた。私財を投じて頭のいい人間を雇ってこっそり王太子の仕事を手伝って、オリヴィアになんの利があるというのだ。アラン自身に雇わせればいいだけの話である。馬鹿馬鹿しい。第一、アランに回ってくる書類を手伝える人間は限られるのだ。目に入れることすら問題なのだ。いくら頭がよかろうと、誰も手伝うことはできない。王妃やオリヴィア以外には。

「バックス！　今すぐオリヴィアが雇った人間を探し出せ！」

そんなものいるはずもないのに、アランは無茶を言ってくれる。

バックスはだらだらと禿げかかった頭に汗をかいた。

「恐れながら殿下……、こちらの書類はどれも、陛下か王妃殿下、殿下、殿下の婚約者様にしか決裁できない書類でございます」

「……それもそうだな」

さすがにそのあたりの常識は理解してくれたらしい。ホッと胸を撫で下ろしたバックスだったが、次のアランの発言に目を剝いた。

「ではティアナに手伝ってもらうことにしよう」

「へ？」

「ティアナは私の婚約者だ。オリヴィアが手伝えるのであればティアナだって手伝えるだろう？」

バックスはひーっと悲鳴をあげそうになったが、寸前のところで口を押さえて堪えると、とんでもないことになってしまったとうなだれた。

☆

アランが名案ならぬ「迷案」を思いついた三日後。

レモーネ伯爵は凍りついていた。

楕円形の机が中央に置かれた、各省庁の大臣の集う会議室でのことである。

上座に国王のジュール、その隣に宰相であるアトワール公爵のイザックが座している。

レモーネ伯爵は本日の進行役で、立ち上がって本日の議題を読み上げている最中だった。

つまり、会議がはじまってまだ間もないころのことである。

上座に座るイザックが射殺(いころ)さんばかりに鋭く睨みつけてくる以外は、特に問題のない会議のはずだった。今日の議題はそれほどややこしくないし、あらかじめすり合わせが行われていたから、大きくもめることもないだろうと思われた。

予定より会議が早く終わるであろうから、このあとはなじみの骨董商のもとにでも行こうかと思っていた矢先。

「陛下！」

悲鳴のような声とともに、重厚な会議室の扉が、ばたーん！　と開かれた。

何事だと叱責しかけたレモーネ伯爵は、口を開いたまま動作を止める。無礼にも会議室に乱入してきたのは、彼の愛娘ティアナだった。

晴れてアラン王太子の婚約者におさまったティアナは、何かに興奮しているのか、真っ赤な顔で肩で息をしていた。

見張りの衛兵を押しのけて入ってきたのだろう、開かれた扉の奥では衛兵二人がティアナとは対照的に真っ青な顔をしている。

レモーネ伯爵があまりのことに思考を停止させている間に、ティアナはジュール国王のほうへ駆けていってしまった。

「ティ、ティア――」

あわあわと震えながら娘を止めようとするも、途中でつっかえて最後まで言葉にならない。

会議室にいる要人たちが唖然とする中で、ジュール国王ただ一人だけが微笑んでいた。国王が微笑んでいるから誰も注意をすることができず、ただただ冷たい視線がティアナとレモーネ伯爵に突き刺さる。しかしティアナはそれにすら気づかず、自分の要求を通すことだけに必死だった。

「陛下！　お願いがございます！」

ティアナは自分がどんな無礼を働いているのか理解していない様子だった。興奮して周りが見えていないのだろう。ティアナのいつもの癖だ。

ジュール国王はにこやかに「何かな？」と訊ねた。

レモーネ伯爵はひとまずほっとした。どうやら王は怒っていないようである。

ティアナはまくしたてるように続けた。

「聞いてくださいませ！　殿下がわたくしに書類の決裁をしろとおっしゃるのです！」

「ふむ。王太子の婚約者であれば、そういう仕事が回ってきても不思議ではないな。妃であれば王太子や王の補佐をすることも重要な仕事である」

妃、という単語に気をよくしたのか、硬い顔をしていたティアナの顔がふんわりと和んだ。

「ええ、もちろんでございます！　わたくしも理解しておりますわ。けれどもわたくしは、もうじき妃教育で多忙となります。びっしりスケジュールが組まれておりますので殿下のお手伝いをする時間を作ることができません」

　ティアナの発言に、王や王子、その妃たちの予定を管理している部署の大臣が顔をしかめた。ティアナが王妃教育を受けるのは本当だが、そのスケジュールはすかすかだ。本人がこんなに無理だと文句をつけるので、本来予定される半分以下の量に調整されている。十七歳という遅い時期からの教育で、本人の希望通りにとろとろしていては、教育がいつ終わるのかわからないと、妃教育の長官を務めることになるワットールが額に青筋を浮かべたくらいだ。だが、そうとは知らないレモーネ伯爵は、娘はなんて不憫（ふびん）なんだと眉をひそめる。

　ティアナの王妃教育のスケジュールは、ジュール国王にも報告されているが、王は相変わらずにこにこしていた。

「なるほど、それは大変だな」

「そうなのです！　でも、殿下もお忙しく、わたくしがお手伝いできないと困ってしまうようです」

「そうか」

　頷く国王の横で、イザックが「無能め」と言いたそうな顔をしていた。今にも舌打ちしたそうである。

大臣たちは一様にアトワール公爵に同情的な視線を向けた。

会議室に乗り込んで、自分は仕事ができないと言い出し、なおかつ王太子の能力を疑わせるような発言である。よくこれで国王は笑っていられるものだ、というのがレモーネ伯爵を除く、会議室の大臣たちの内心である。

もし国王が叱責すれば、今すぐこの無礼な娘をつまみ出してやるのに――という大臣たちの心の声が聞こえたのか、ジュール国王は小さく苦笑し、「落ち着け」というようにこつこつと机を二回ほど叩く。

レモーネ伯爵がティアナの横に立って娘を守るように肩を抱いた。

「陛下、娘は忙しいのです」

父を味方に付けて、ティアナは俄然勢いづいた。

「ですので陛下、お願いでございます。わたくしに回される仕事を、オリヴィア様にやらせてください！」

「いい加減にしろ!!」

とうとう、イザックの怒りが爆発した。

娘を王太子の婚約者の座から蹴落として自分が後釜についたくせに、その仕事ができないからオリヴィアにやらせろとは何様のつもりだ。

アトワール公爵の怒鳴り声を聞いた大臣たちも、次々に腰を浮かせた。

「レモーネ大臣！　今すぐ娘をこの部屋から連れ出せ！」

「ふざけるのも大概にしたまえ！」

口々に罵倒されるが、ティアナはよくわからないとばかりに首をひねる。

「どうして怒るんですか？　オリヴィア様がこれまでされていた仕事なのでしょう？　つまり、オリヴィア様程度でもできる仕事ではございませんか。忙しいわたくしの時間を割くほどのことではございませんでしょう」

「な――」

「つまみ出せ!!」

大臣たちが気色ばんだ。

「まあまあ、落ち着きなさい」

ジュール国王は大臣たちを黙らせると、ティアナに訊ねる。

「ティアナ、その『オリヴィアでもできる仕事』は本来そなたの仕事だということは理解しているね？」

「もちろんです」

「よろしい」

ジュール国王は頷いた。

「ティアナの希望通り、それらの仕事はオリヴィアが適任だ。けれどもティアナもわかっているように、本来はティアナの仕事である。よって、一か月――、一か月の間だけ、私からオリヴィアに頼んでみよう。だが、一か月後にはそなたに戻す。よいな?」

「陛下!!」

イザックが我慢できないとばかりに立ち上がった。だが、ティアナは知らん顔で笑顔を浮かべる。

「もちろんですわ、陛下。一か月もすれば王妃教育にも慣れますもの。オリヴィア様程度ができる仕事など、その余暇にすればいいだけのこと。造作もございません」

「それは頼もしいな」

国王は機嫌よさそうな顔で、大臣たちに視線を向けた。

「そなたたちも、私がオリヴィアの許可を得たあとは、王太子の決裁が必要になる書類はオリヴィアに回すように。そして、どの書類を回したか、それがいつ戻ってきたか、正確に記録しておくように。それを私に報告しなさい」

大臣たちは怪訝(けげん)そうに眉を寄せて、ぎこちなく頷いた。

王は最後に、じろりと睨みつけてくるイザックに、口の動きだけで「頼む」と告げると、こう続けた。

「すまないが公爵、少しばかりオリヴィアを貸してくれないかな」

イザックは忌々(いまいま)しそうにティアナとレモーネ伯爵を睨みつけたあとで、諦めたように肩をすくめた。

☆

ティアナが会議室に乱入したその日の夜、父であるイザックを通してジュール国王の頼みを聞かされたオリヴィアはまず驚いた。

いくらオリヴィアが王太子の元婚約者だからといって、すでに王室とは無関係な人間になっている。そんなオリヴィアに重要書類の決裁の仕事を任せていいのかと本気で心配した。

「サイラス殿下から求婚されていて、オリヴィアが近い将来王族に名を連ねる確率は高いから問題ない――というのが、一応体裁上の理由だ」

「はあ……」

オリヴィアは頷きながら「はああ？」と声をひっくり返したい気分だった。サイラスに求婚されたことは間違いないし、彼は優しい王子だと思う。だが、まだ答えを保留にしている段階であるのに、すでに「高い確率」で「王族」になることになっているらしい。……これは逃げ切れる気がしない。その気持ちはイザックも同じだったようで、言葉の節々から不機嫌さが感じ取れた。

「お父様、体裁上のとおっしゃいますけど、体裁上ではない理由があるんですか？」

「ああ。アラン殿下とレモーネ伯爵令嬢では仕事をさばき切れない。これが陛下の本音だ」

「それは……」

確かにそれは声に出して言えないだろう。オリヴィアは頭痛を覚える。

アランは仕事ができない人間ではない。遅いだけだ。幼いころから王太子になるべくして教育されてきた彼には、少なくとも王とそれから臣下が「王太子」を名乗らせているだけの知識がある。もっともまだ足りない部分も多いから、まだ教育課程は終わっていないと聞く。けれど、傲慢で身勝手で、たまにおかしな方向へ思考が飛ぶことがあるが、まあ、「それなり」だ。比べられるのが優秀な現王なので、どうしても劣って見えるだけで、国王としての器でないわけではないことは、オリヴィアの父も認めるところだそうだ。

が。問題はその仕事の速度である。丁寧なのか集中力が続かないのか、とにかく遅い。アランの補佐官のバックスが、当時婚約者だったオリヴィアに「仕事が全く片付きません！」と泣きついてきていたほどだから相当だ。

そのため、オリヴィアが処理していた仕事がそっくりそのままアランのもとに送られることになったのならば、アランとティアナで処理が間に合わなくとも仕方がないだろう。ティアナは王妃教育もあるのだろうし。

オリヴィアは「うーん」と唸ってうつむいた。

オリヴィアは公爵令嬢である。王太子の婚約者だったときは、それを当然の仕事として受け入れていたから、城で書類仕事をするのにも異存はなかった。しかし、今は立場が違う。公爵令嬢が城へ奉公に出ることはまずない。身分的に不可能だ。

「お父様、わたくし文官試験に受かっているわけでもございませんし……」

身分の高い女性が城で働く場合、二つの道がある。一つは王妃や姫などの侍女。しかしこれは、せいぜい伯爵令嬢までだろう。侯爵令嬢以上が行儀見習いを兼ねて王妃の侍女を務めたという事例がないわけではないが、ほぼない。

次が、文官試験に受かって文官として城で働くということだ。使用人ではなく公人としての仕事である。この仕事は九割が貴族で埋められており、非常に少ないが、女性がいないわけでもない。……公爵令嬢がいたためしはないが、オリヴィアが働くことを選択した場合、一番無難なのがここにおさまることだ。だが、文官になるには難しい文官試験に合格する必要があり、次期王妃と目されていたオリヴィアは当然受けていない。

つまり、使用人にも侍女にも文官にもなれないオリヴィアが、城で仕事にあたるのは非常に困難である。

オリヴィアが渋っていると、イザックがものすごく嫌そうな顔で金貨よりも大きい金色のメダルを取り出した。黙って渡されたオリヴィアが何度もひっくり返しながら検分していると、不本意極まりないと言わんばかりの低い声で父が言う。

「陛下からだ。臨時の王太子補佐官の身分証らしい」

「臨時の王太子補佐官?」

オリヴィアがきょとんとしていると、イザックが忌々し気に舌打ちした。

「期間は一か月。仕事は王太子殿下の書類仕事をこっそり補佐すること。条件として、王太子殿下に直接会う必要がないようにとり計らうことと――、そして、仕事が片付けば、好きなだけ城の図書館へ出入りできるようにしてくださるそうだ。そのメダルを見せれば図書館へ自由に出入りできるらしい」

「なんですって⁉」

オリヴィアは金色のメダルを見て、途端にきらきらと瞳を輝かせた。自由に出入りできなくなってがっかりしていた城の図書館。一か月という期限つきではあるが、出入り自由なんて!

「やります!」と挙手しかけたオリヴィアは、ハッとして取り繕った笑みを浮かべたが、遅かった。父にはすでにお見通しだ。

「はあ。そうなると思った。……ったく、あの化け狐め。オリヴィアはうちの娘だぞ……」

オリヴィアが渋ることもすべて想定ずみで、わけのわからない特殊な役職と図書館出入り自由権という意味不明なニンジン――もとい、褒美をぶら下げた国王は、オリヴィアの性格をよく知っていると言えるだろう。だが、声を大にして言いたい。オリヴィアはお前の娘ではない!

イザックが何にイラついているのかわからないオリヴィアは、また陛下と喧嘩でもしたのか

しらと心配になったが、父がジュール国王から預かったメダルを差し出したということは、受けてもいいということだろう。オリヴィアの中の天秤は、すっかり「公爵令嬢の常識」よりも「城の図書館」のほうへと傾いている。

「あー、それでオリヴィア、引き受けるか？　……嫌なら断ってもいいんだぞ？」

むしろ断ればいいのにという父の心の声が聞こえてくるが、オリヴィアは心の声は聞こえなかったことにして、にっこりと頷いた。

「はい。お受けしますとお伝えください」

イザックは、やれやれと肩を落とした。

そして翌日。

オリヴィアはさっそく城に呼ばれることになった。

昨日の今日だというのに、オリヴィアの部屋はすでに用意されていた。

王太子の婚約者ではなくなったオリヴィアは、もともと使っていた王太子妃用の部屋は使えないが、かわりに用意された部屋も驚くほどに広くて豪華だった。

アンティーク調の家具は、おそらく城で使われていたものをかき集めてきたのだろうが、一目でわかるほどに高価なものだ。落ち着いたライラック色のカーテンの刺繍も見事である。白いソファの上には、紺色のふかふかのクッションが並べられていて、座ってクッションを抱えると、ついついそのままお昼寝がしたくなってしまう。

絨毯(じゅうたん)は淡いクリーム色で、壁紙は小さな花柄。棚には、十二種類もの紅茶やハーブティーの茶葉が並べられていた。

「一日でこれをそろえるって……使用人さんたち、ごめんなさい」

相当大変だっただろう。陛下も無茶をするものだ。書類仕事をするだけだから、机と椅子さえあればよかっただろうに。

オリヴィアが城へ来る前に来て部屋を整えてくれていた侍女のテイラーが、出窓に色とりどりの花が寄せ植えされた植木鉢を置きながら振り返る。

「すごいですよね！　わたくしは、お嬢様を丁重に扱っていただき大満足です！」

「丁重に……ね」

確かにそうだが――と、オリヴィアの視線がテイラーのすぐ横にあるライティングデスクへと向く。その上にはドン！　ドン！　ドドン！　という効果音すら聞こえてきそうなほどに、大量の書類が山積みされていた。今日処理する必要があるものに加えて、おそらく今日までアランがため込んだものもあるのだろう。今にも雪崩(なだれ)が起きそうである。

（これを見ると、むしろ部屋はこのお詫(わ)びのような気がしてくるから不思議ね……）

またずいぶんとため込んだものだと嘆息していると、テイラーもオリヴィアの視線に気がついたのだろう。さっきまでのご機嫌な様子はどこへやら、ぷんぷんと怒りはじめる。

「全く図々しいにもほどがございますね！　本来、これらはすべて王太子殿下とその婚約者になられたレモーネ伯爵令嬢がなさることではございませんか！」

「まあ、そうなんだけど……」

それができないからオリヴィアが呼ばれたのである。

「まあいいじゃない。一か月の期間限定だというし」

「お嬢様は人がよすぎます！」

「あら、そうでもないと思うけど……」

現に、今のオリヴィアにはいかに余暇を作り出して図書館へ通い詰めるかということしか頭にない。今までは王太子の手前、あまり目立ちすぎてはいけないとある程度加減して仕事をしていたが、もうその必要もないのである。超特急で仕事を終わらせて、少なくとも午後には図書館へ向かうのだ。時間との勝負。……燃えてきた。

テイラーがお茶を入れてくれると言うから、集中力を上げるために濃いめに出した紅茶をミルクティーにしてもらう。

「ありがとう。じゃあ、さっさと片付けてしまうから、テイラーはその間、そこにあるお菓子でも食べてゆっくりしていて」

オリヴィアはそう言って、山のように積まれた書類の一枚目に手を伸ばした。

◆四　サイラスの好感度アップ計画

「アトワール、お前の娘は本当に優秀だな」

　オリヴィアが書類仕事のために城へ通い出して二日。執務室のジュール国王はご満悦の様子だ。

　声をかけられたアトワール公爵イザックは、わざとらしいほどのしかめっ面（つら）を作った。

　ジュール国王の前には、大臣たちから届いた報告書がある。どれも、仕事の完納報告書だ。オリヴィアが仕事を請け負ったため、王太子の仕事も問題なく期日通りに提出されるようになり、滞（とどこお）っていた仕事がわずか二日で解消されたと感謝の手紙までつけられているものもある。

「全く、なんですか、この報告書は！　仕事のほとんどがオリヴィアに回っているではないですか！　せめて半分は王太子殿下に回してくださいよ」

「仕方ないだろう。あれに回すと期限までに戻ってこないのは大臣たちも知っているからな」

　イザックは、喉元まで出かかった「無能」の二文字を寸前で飲み込むことに成功した。あの王太子は要領が悪すぎる。

　ジュール国王は満足そうだが、オリヴィアが対応しているのだ、当然の結果であるとイザックは声を大にして言いたい。オリヴィアは自慢の娘だ。自分の宝物だ。当たり前のように使うなこの化け狐。

オリヴィアが王太子アランから婚約破棄を突きつけられたとき、イザックは怒り狂ったが、あえて異議は申し出なかった。なぜなら、婚約破棄はオリヴィアの汚点になるものの、一生あのふざけた王太子につきあわされることを考えれば、ここですっぱり縁を切っておいたほうが、娘が苦労しなくてすむのではないかと考えたからだ。

オリヴィアは我が娘ながら頭のいい子である。

そして、オリヴィアは新しい知識を吸収することは大好きだが、それを周りにひけらかすことに快感を覚えるような性格ではないので、自ら出しゃばった行動を取ることはほとんどない。見るに見かねて仕方なく手を出すようなことはあっても、ほかにできる人間がいるならば黙って見ている。

その性格が裏目に出てしまったのが、あの「オリヴィアは愚者」だという噂である。王太子が当たり前のようにオリヴィアが無知で愚か者だと言うものだから、オリヴィアをよく知らない人間はそれを鵜呑みにして、オリヴィアを下に見る。イザックは娘が軽んじられて、王太子にも噂を信じているバカどもにもひどく憤ったが、基本的に温厚で、自己アピールをしないオリヴィアは、それほど気にしてはいないようだった。

そのため、オリヴィアが書類仕事のために城へ通っているこの状況は、娘の優秀さを周囲に知らしめる格好の機会であるため、イザックもちょっとくらいは悪くないと思っている。が、まるでティアナの影武者のように使われていることは面白くない。むしろオリヴィアが片付けた書類に「処理者オリヴィア」と書いて回りたいくらいである。

「そもそも、王妃教育で忙しいから仕事ができませんなんて主張が、理由として通ると思っているんですか、あの娘は？」

「どうだろうな。レモーネが何も言ってこないところを見ると、レモーネ伯爵家では理由として通ると考えているのではないか？」

「それで教養高いなどとよく言えたものです。バカですか」

「ああ、あれな。あれは面白かったなぁ」

アランがオリヴィアに婚約破棄を告げた日のことを思い出したのだろう。ジュール国王の肩が小刻みに震えはじめた。

「あの罪状は誰が考えたのだろうな。ある意味天才だと思わないか？　まさかレモーネだろうか？　あんな笑いの才能があったとは知らなかった」

「あれは笑わせようとしてやったことではないと思いますけど」

ジュール国王は面白かったかもしれないが、イザックはかけらも面白くなかった。人の娘をバカにしやがってと腸（はらわた）が煮えくり返りそうだったのだから。

レモーネ伯爵はティアナのことを教養高きと言ったが、本当に教養高き人間なら、王妃教育に苦労したりはしないだろう。オリヴィアは城での王妃教育すら受けていないのだ。

オリヴィアに向かって王妃教育を軽んじたとあのバカ伯爵は言ったが、そもそもオリヴィアは王妃教育を受けさせてもらえなかったのである。王太子とオリヴィアの間でどんな会話がなされたのかは知らないが、オリヴィアはあるときから城では何も知らないおっとりとした公爵令嬢を演じはじめた。

イザックはオリヴィアのことを信頼していたし、王妃教育が受けられないことに関係があるのだろうと思ったが、娘が優秀なことには間違いはないので、何か理由があるのだろうと黙って見守ることにしたのである。

城で王妃教育を受けられないかわりに、イザックは公爵家でオリヴィアに充分すぎるほどの教育を施したし、本来城で習うべき王妃教育についても公爵家で学ばせた。アラン王子はオリヴィアのことを「本ばかり読んでいるのんきな婚約者」だと言っていたが、オリヴィアはアランとは比べ物にならないほど多忙を極めていたのである。本来遊ぶ暇すら生まれるはずもない学習スケジュールの中で、読書に充てる余暇が作り出せていたのは、ひとえにオリヴィアが有能で勤勉であったからだ。

それだけの苦労をしてきたオリヴィアは正当に評価をされるべきだ。

「陛下、約束ですからね。オリヴィアを貸すのは一か月だけです。延長は一切認めません」

「わかっている」

本当にわかっているのだろうか？

王太子とオリヴィアが婚約破棄をしてから今日まで、ジュール国王はなぜか楽しそうだ。長いつきあいであるイザックは、国王が楽しそうにしているときはたいてい、ろくでもない悪だくみをしているときだと知っている。

「お願いですから、娘をこれ以上巻き込まないでください」

思えば、アランとの婚約のときもそうだった。

イザックは娘に可能な限り自分の意志で選んだ相手と、自由な結婚をしてほしかった。貴族社会では政略結婚が当たり前だが、イザックは恋愛結婚だ。だから、できれば娘も、無理やり嫁がすようなことはせずに娘の望んだ相手と一緒にしてやりたいと思っていた。それなのにこの化け狐国王は、わずか六歳ばかりのオリヴィアに目をつけて、嫌がるイザックをあの手この手で脅し——否、説き伏せてアランの婚約者にしてしまったのだ。

「それは約束できないな」

ジュール国王はほくほく顔で各大臣たちからの報告書を机の中にしまった。

イザックは、無礼も承知で、国王に聞こえるように大きく舌打ちしてやった。

☆

「最高だよ、父上！」

王子という身分で、あまりおいそれと外出できないサイラスは、書類仕事のために昨日から

オリヴィアが城に来ていると聞いて目を輝かせた。

なんでも、王太子の仕事を、本来補佐すべきティアナにかわって片付けるという。

「今回ばかりは、ティアナの無能ぶりを褒めたたえたい気分だね」

「……あまり大声で言わないほうがよろしいですよ」

護衛官のコリンは周囲に視線を這わせながら苦笑した。

サイラスは今、コリンとともに城の廊下を歩いている途中である。二階の廊下は、等間隔に並べられている花瓶と、壁に飾られている絵画があるだけで、使用人もまばらだ。城の清掃を行う使用人たちは、それぞれ決まった時間に決まった場所を掃除する。二階は午前中にほぼ終わっているはずだ。そのため、ティーセットや用事を言いつけられるメイドたちの姿が遠くに見えるだけで、少なくともサイラスの声が聞こえる範囲には誰もいない。

もっとも、サイラスは近くにメイドがいたところでかまわず言っていただろう。常日頃から、オリヴィアをバカにするメイドたちに腹を立てているサイラスは、新しい兄の婚約者を陥れる気満々である。本当のバカがなんたるかを思い知れと言わんばかりだ。だが、それが王太子の耳にでも入ったら非常に面倒なことになるので、できればやめてほしいとコリンは思っている。

サイラスはまるで本物の金のようなつやつやな金髪を、ぴっちりと整えて、普段は面倒がって外していることが多い濃い紫色のタイまでしめている。これからオリヴィアに会いに行くの

で、気合を入れて身支度を整えたのだ。サファァイア色の瞳も、本物の宝石のようにキラキラと輝いていた。

その彼が大切そうに腕に抱えているのは、緋色の装丁の分厚い本である。オリヴィアに喜んでもらいたくてサイラス自ら選んだ本だ。

恋する青年は、とにかくオリヴィアに笑顔を向けてほしくて仕方がないのである。

コリンがサイラスのかわりにオリヴィアの部屋の扉を叩くと、中から侍女のテイラーが顔を出した。サイラスがオリヴィアに会いに来たことを告げると、慌てて確認を取りに行く。

やがて部屋に通されたサイラスは、書類がたまっているだろうと予想していた机の上が、整然と片付いていることに驚いた。

「忙しいかな？」

念のため確認を入れてみると、サイラスを出迎えるためにソファから立ち上がったオリヴィアがおっとりと首を横に振る。

「いいえ。仕事が終わったので休憩をしていたところですから」

「へえ……」

サイラスは重ねて驚いた。まさかと思ったが本当に片付いていたなんて、いったいどんな魔法を使ったのだろう。兄は相当な仕事をため込んでいたはずだ。

サイラスがソファに腰を下ろすと、テイラーがティーセットを用意してくれる。コリンは部屋の扉の近くで待機だ。廊下にも衛兵が巡回しているし、不審者など入ってこないだろうが、警戒することが護衛官の仕事なのである。

テイラーが立ったままのコリンにも紅茶をすすめているのが見える。主人に似て優しい侍女だ。コリンも穏やかに微笑んで、立ったままティーカップを受け取っていた。

サイラスは持ってきた本をわざと裏表紙を上にしてソファの上に置き、ティーカップに手を伸ばす。すっとオリヴィアの視線が本に向かったのを見て、ティーカップにつけた口が弧を描いた。興味を持ったらしい。心の中の分身サイラスが、握った拳(こぶし)を天井に向かって振り上げる。

あまり急ぐとがっついている感が出て恥ずかしいから、ゆっくりと焦らすように紅茶を飲んで、それから、まるで今思い出したかのように「そうそう」と切り出した。背後からコリンが小さく吹き出した音が聞こえたので、肩越しに振り返って睨んでおく。

「これを君に」

気を取り直してオリヴィアに持ってきた本を差し出すと、その題名を見た彼女のエメラルド色の瞳が、驚愕に彩(いろど)られた。

「これ、もしかして『栄華記』の完全版の写本……!?」

中を確かめずとも、題名と本の分厚さだけでわかってしまう彼女はさすがだと思う。

オリヴィアの言う通り、これは栄華記の完全版の写本だ。原本は傷みがひどいので宝物庫に収められていて持ち出しは禁止されている。持ち出すことが可能なのは、二百年余り前に作成された写本のみだ。

『栄華記』は今から六百年前にブリオール国で勃発した内乱について記された戦記である。

内乱は五百八十九年前に終結されるまで、十一年もの長きにわたりブリオール国を混乱の渦へ叩き落した。

この十一年は別名「混沌の戦乱時代」と呼ばれ、ブリオール国が大きく四つの小国に分断された時代でもある。それらの四つの国にはそれぞれ王子や王女が王として君臨した。いわば、ブリオール全土を巻き込んだ王位継承争いである。

王の崩御ののち、間もなくして勃発した内乱は、各地に大きな被害を及ぼした。内乱の一番大きな原因は、王が身罷るまで次代の王を決めていなかったせいだとも言われている。長男であった第一王子が半ば強引に国を継ごうとした矢先に、第三王子に毒殺されて、それを皮切りに内乱がはじまったのである。

その教訓もあり、混沌の戦乱時代以降は、比較的早めに王太子を選出する流れになった。選出を急ぐために、たいていが最初に生まれた王子がその地位を得ている。

その混乱時代の戦記がどうして『栄華記』と呼ばれているのか。それは、『栄華記』の作者が内乱で勝ち残った第二王子に限りなく近いところにいた人物だからにほかならない。第二王子の末裔が今のブリオール国王であるのだから、第二王子が内乱という名の王位継承争いに勝利するまでのことが描かれるこの戦記は、『「栄華」記』なのである。

しかしながら、この『栄華記』。作者が第二王子に近しい人間だったことから、逆に表に出しにくい内容も記されている。例えば王子の残虐な一面や、好色な一面などがそれだ。もっと言えば狡猾で卑怯な手段で戦を勝ち抜いたことも記されている。六百年前ではそれが当たり前とされていたのだろうが、現代では『栄華記』の名前にはあまりふさわしくない内容とされ、貴族を含め、一般人の目には触れないようにされているのだ。オリヴィアを含め、読むことができるのは『栄華記』の中から抜粋した一部のみで、完全版は城で人目に触れないよう管理されている。

オリヴィアが最初の一ページを開いて、興奮のあまりうっとりと息を吐き出した。だが、一ページめくったところでふと手を止めて、窺うようにサイラスを見やる。

「あの……、わたくしが読んでも、よろしいのでしょうか？」

「うん。父上には許可を得てきたから、君に貸してあげるよ。君にならいいと父上も言っている」

「う……」

どうやらオリヴィアは、サイラスがわざと伏せた真意に気がついたらしい。つまり国王は、オリヴィアを「逃がさない」と言っているのである。王族は『栄華記』の閲覧が許可されているが、公爵令嬢のオリヴィアはその対象外だ。だが、王族に組み込まれる未来が決まっていれば、対象に入れることは可能なのである。

オリヴィアの視線が、そわそわと本とサイラスの顔を往復する。

読みたい。でも……、という彼女の心が手に取るようにわかって、サイラスは苦笑してしまった。

「読みたくない？」

「いえ！」

サイラスが本を取り上げようと手を伸ばすと、オリヴィアが慌てて本を胸に抱きしめる。

躊躇を捨て去ったようで、オリヴィアは大きく息を吸い込むと、改めて表紙をめくった。

「……うわぁ」

まるで幼い子供が全身で喜びを表現するかのように、ぱあっと満面の笑みを浮かべたオリヴィアに、サイラスは満足した。そうそう、この顔が見たかったのである。

（可愛いなぁ……）

オリヴィアは無表情というわけではないのだが、普段から意識しているのか、あまり表情を変えない女性だ。常に冷静沈着で、おっとりと穏やか。そのオリヴィアが、本物のエメラルドのように瞳を輝かせて本のページをめくっている。

（これで好感度は少し上がったかな？）

オリヴィアに薔薇の花束を二回ほど贈ったが、その反応は今一つだった。喜んでいないわけではないのだろうが、サイラスの欲しい反応ではなかったのである。

だからサイラスは考えて、彼女が一番喜びそうなものを思いついた。本だ。とにかく彼女は本に目がない。思った通り、いい反応だ。

本当ならば、観劇やショッピング、遠出などにも誘ってみたかったが、急いては事を仕損じると言う。オリヴィアにとってサイラスは、突然視界にパッと入り込んできた小鳥のようなものだ。気になって見上げこそすれ、放っておけばその興味はすぐに失われるだろう。せめてオリヴィアが好んで会いに行く小鳥くらいに昇格しないと、デートに誘ったところであえなく撃沈することになる。

そこで、もう一つのとっておきである。サイラスが繰り出せる最大の攻撃だ。出し惜しみはしない。オリヴィアの愛鳥に昇格するのである。

サイラスはジャケットのポケットに手を入れた。硬い感触を確認して、にっこりと微笑む。

「その本をこのまま読みたい気持ちもわかるけど、どうだろう。その本を読むのはあとの楽しみにとっておくとして、僕と図書館へ行かないかな？　実は、図書館の禁書区域の鍵を手に入れたんだ」

オリヴィアが「禁書区域」という言葉に勢いよく顔を上げた。サイラスがポケットから金色の鍵を取り出して軽く揺らして見せると、エメラルド色の瞳が、その動きにつられるように動く。どうしよう、可愛すぎる。

背後からコリンの生温かい視線を感じる。（それは卑怯なんじゃ……）とでも思っているのだろう。うるさい。卑怯だろうとなんだろうと、オリヴィアの興味を引いたもの勝ちだ。

オリヴィアは本に目がない。だから、これに食いつかないはずがない！

案の定、オリヴィアは『栄華記』をぱたんと閉じると、それをテイラーに鍵付きの引き出しにおさめるように頼んだ。そして両方の拳を握りしめて食い気味に答える。

「行きます！」

勝った、とサイラスは禁書区域の鍵を握りしめた。

☆

「さすがティアナだ。もう仕事が片付いたなんて、本当に有能だな」

アランは休憩がてら庭を歩きながら、ほくほく顔でつぶやいた。

独り言と言うには大きすぎるつぶやきに、半歩後ろを歩く補佐官のバックスは、主人のおめでたい頭に、その中は脳のかわりに藁でも詰まっているのではないかと思った。もちろん、バックスがそんなことを考えていることなど、アランにはわかるはずもない。

アランはこの二日、すこぶる機嫌がよかった。たまっていた仕事が目の前から消え去ったからだ。まるで魔法でも見た気分である。実に爽快だった。

一時はどうなることかと思ったが、ティアナは本人やレモーネ伯爵が言う通り、実に優秀である。美しさこそオリヴィアに劣るとはいえ、王妃は賢くなければ務まらない。我ながら、実に素晴らしい女性を見つけたものだ。

（オリヴィアがもっと賢い女だったら文句はなかったのだが、これればかりは仕方がない。なぜなら私は王太子で、この国を背負っていかなければならないのだから）

バカを王妃に据えるわけにはいかないのである。特別好きではなかったが、別にオリヴィアのことが嫌いで婚約を解消したわけではないのだ。これは仕方のないことなのである。

オリヴィアは昔は賢かったような気がしたのだが、どこでどう間違ったのか、急にバカになったのだ。

（……何か忘れているような気がするのだが……、なんだっただろうか）

オリヴィアのことを考えると、腑に落ちないというか、妙な違和感を覚える。彼女の行動が変わったのは突然だったと記憶しているが、その前後の記憶が曖昧（あいまい）だった。だが、過ぎたことはまあいい。思い出せないくらいだ、たいしたことではなかったのだろう。

とにかく、仕事が片付いたおかげで、思わぬ余暇を手に入れた。次の予定まであと二時間はある。厩舎（きゅうしゃ）に行って馬を走らせるくらいの時間は充分に取れるだろう。オクターヴェルは元気だろうか。真っ白で美しい愛馬の姿を思い描いたアランは、スキップでもしたい気分だった。

だから、アランの背後で、バックスがなんとも言えない顔で、何かを言いたそうに何度も口を開閉していたことになど、彼は気がつかない。

厩舎に向かうために裏庭に回ったアランは、薔薇園の温室の中の薔薇が色とりどりの花をつけているのを見つけてふと足を止めた。弟のサイラスがオリヴィアに求婚したときも、温室の薔薇を使ったと聞いている。そういえば、それを羨ましがったティアナが、自分も欲しいと言っていた。ばたばたしていてすっかり忘れていたが、あとで届けさせておこう。

（花をねだるなんてティアナは可愛いな。……オリヴィアは一度もねだったことがない）

花どころか、オリヴィアが何かをねだったのは、アランが記憶している限り一度きりだ。その点、ティアナはいろいろねだってくる。たいていのことなら叶えてやれる婚約者がいたというのに、何も欲しがらなかったオリヴィアはきっと、頭が足りないからそんな簡単なことも思いつかなかったのだろう。

「アラン殿下」

ぼんやりと温室を眺めていたアランは、思いつめたようなバックスの声に振り返った。そこではじめて、補佐官が難しい顔をしていたことに気がつく。

「どうした、腹でも痛いのか？」

調子が悪いなら戻って休んでいろと言ったが、バックスは緩く首を横に振った。

「いえ。そうではございません。……殿下、さすがにもう黙っているのは我慢がなりません。先ほど殿下は、書類仕事をレモーネ伯爵令嬢が処理されたと勘違いなさっていたようですが、それらをすべて片付けたのは、オリヴィア様です。レモーネ伯爵令嬢は一枚も処理しておりません」

「は？」

アランは目を丸くした。

「オリヴィア？　どうしてオリヴィアが出てくる。あれはもう私の婚約者ではないし、第一オリヴィアに処理ができるようなものでもないだろう。それに、私は書類をティアナに回すように命じたはずだが？」

「はい。一度はレモーネ伯爵令嬢へお届けいたしました。ですが、令嬢は一枚も処理をすることなく、そのまま陛下に直談判されました」

「直談判？」

「そうです。レモーネ伯爵令嬢の言い分では、王妃教育で忙しく、書類仕事に時間が割けないため、一か月ほどオリヴィア様に処理いただきたいとのことだったそうです」

「聞いていないぞ……」

アランは驚いたが、すぐに思い直した。確かに王妃教育は忙しいだろう。この国の妃は賢くなければならない。それは戦乱時代後の教訓だ。いざというとき、王のかわりに王妃に国を支えるための技能を身に着けさせるべきだという考え方から、王妃教育は王太子教育に匹敵するほどの膨大な量があると聞いている。オリヴィアは逃げ出したが、ティアナには逃げ出されては困るのだ。

「そうだな。王妃教育は大変だろう。ティアナならできると信じているが、それでも彼女はすでに十七だ。今から詰め込むのであれば並々ならぬ努力が必要となる。その点、オリヴィアは私の婚約者ではないのだから、いくらでも時間があるだろう。今までだって替え玉を立てて処理していたのだろうから、困りもしないはずだ。一か月くらいならかまわない」

「殿下、オリヴィア様は替え玉など立てておりません。これまでされてきた書類仕事についても、すべてオリヴィア様の直筆のサインが入っており、的確な処理がなされていました」

書類の右下には、誰が決裁したかを示すためにサインをする欄がある。だが、サインくらい、第三者が仕分けたあとでも書けるだろう。それでオリヴィアに替え玉がいなかった証拠にはならない。

「冗談を言うな。王妃教育からも逃げ出すようなオリヴィアが、一人で処理できるようなものじゃない」

「冗談ではございません。恐れながら、オリヴィア様の仕事の処理速度は非常に速く、そして正確で的確で無駄がないのでございます。あの方に任せておけば大丈夫だと、大臣たちが口をそろえて申すほどです」

アランは怪訝（けげん）そうに眉を寄せる。

「そんなはずは……」

あるわけがない。だってオリヴィアだ。彼女にそれほどの能力などあるはずがない。いつもアランの隣で、「わたくしにはわかりません」というような顔でおっとりと微笑んで立っていただけの女だ。何かの間違いに違いない。

混乱したアランに、バックスは畳みかけるように言う。

「殿下は、オリヴィア様を見られてきたのでしょうか？　よくよく観察してみれば、所作や行動などでわかるものでございます」

「私とオリヴィアは十一年間のつきあいだぞ」

「存じております」

出すぎたと思ったのか、バックスが小さく頭を下げて黙り込む。

（オリヴィアを見てきたか？　見てきたさ。だから王妃は無理だと思ったんだ。出しゃばらないのは利点だと思うが、それで無知が許されるわけではない）

だが、どうしても引っかかる。やはり何かを忘れている気がするのだ。それに――、婚約破棄の場で見せた、オリヴィアの目。穏やかに、ぼんやりとした光ばかりたたえていたエメラルド色の瞳が、あのときばかりは違っていた。一瞬、別人かと思ったほどだ。

どうしてだろう。何かを間違えてしまったような焦燥のようなものを覚える。だが、それが何かがわからない。婚約破棄のときの、ハッと息を呑むほどに凛とした表情を浮かべていたオリヴィアを思い出す。あのときのオリヴィアは、本当に「オリヴィア」だっただろうか。

「王太子殿下!!」

遠くから、アランの思考をぶった切るような、怒りに満ちた声が聞こえてきた。

何事だろうと振り返れば、ティアナの教育官たちの長官であるワットールが、怒り心頭と言わんばかりにずんずんとこちらに向かって歩いてきていた。正直、このまま殴りかかられるのではないかと思うほどの剣幕だ。警戒したのか、バックスが慌てたようにアランとワットールの間に入る。

「どうした？」

相当腹に据えかねることが起こったのだろう。アランが訊ねれば、バックスにアランに近づかないように阻まれているワットールは、不快そうにモノクルを人差し指で押し上げた。ワットールはダークグレーの髪をぴっちりと撫でつけた、神経質そうな四十過ぎの男だ。アランはこの口うるさい男が苦手である。

「殿下、レモーネ伯爵令嬢の教育についてお願いがございます。私のほかにも、一般教育――ええ、それこそ十歳の子供に教えるようなレベルの一般教育を担当する教育官を二、三人ご用意願いたく存じます」

「なぜだ。ティアナはもう十七歳だぞ。十歳の子供と同じ扱いなど失礼だろう！」

「失礼かどうかの問題ではございません、あまりに教養がないからそう申し上げております！　正直言って、今のレモーネ伯爵令嬢は、私がお教えするレベルではありません！」

「ワットール、いくらお前でも不敬だろう」

ワットールはかつて、オリヴィアの妃教育も担当する予定だった優秀な教育官だ。六歳のオリヴィアのときはそれはそれは楽しそうに教えていたと思う。そして、オリヴィアが王妃教育を放り出したときには、その怒りはなぜかオリヴィアではなくアランに向かった。実に理不尽だったと記憶している。

「六歳のオリヴィアを相手にできたのに、十七歳のティアナの相手はできないと言うのか？」

「オリヴィア様とレモーネ伯爵令嬢を一緒にしないでくださいませ。大変失礼です」

「……それはどちらに対して？」

「もちろん、オリヴィア様です！」

先ほどのバックスの発言といい、ワットールといい――、アランは頭が痛くなってきた。

「ティアナは教養のある令嬢だ。そなたは何か勘違いをしているらしい」

「勘違いをしているのは殿下でございます。実際にレモーネ伯爵令嬢の授業を殿下がご覧になられたらわかるのではないでしょうか？　歴代の王の名前が言えないどころか、簡単な算数もできないような方の相手はいたしかねます！」

「そんなバカなことがあるか。それにオリヴィアのときはもっと大変だっただろう？　王妃教育もわずか一年足らずで投げ出している」

「お言葉ですが殿下。オリヴィア様には私がお教えする必要はございませんでした」

「そうだろう？　オリヴィアは学ぶ姿勢すら見せなか――」

「私が教える必要もないほどに、充分すぎる教養と知識をお持ちでございましたから」

「……ちょっと待て」

先ほどからバックスやワットールが言っている「オリヴィア」は本当に「オリヴィア」だろうか？　別人ではないだろうか。アランの知るオリヴィアと全く一致しない。

ワットールは鼻息荒く言った。

「この際ですから、はっきり申し上げておきます」

（いやすでにかなりはっきり言っていただろう……）

アランはこれ以上は聞きたくないとこめかみを押さえる。混乱しすぎて頭が痛い。

だが、逃げ腰のアランにかまわずに、ワットールは続ける。

「殿下がオリヴィア様の何を見られて、そのような低い評価をつけられているのかは理解できませんが――、オリヴィア様は間違いなく天才です。レモーネ伯爵令嬢はオリヴィア様の足元にも及びません。以上です。それでは！」

ワットールはカクカクとした四角い動きで踵を返すと、来たときと同じようにずんずんと大股で戻っていく。

まるで嵐が過ぎ去ったあとのような感覚に、アランが頭を抱えていると、バックスが気の毒そうな顔で、だがはっきりとこう言った。

「恐れながら殿下、私もワットール教育官と同意見にございます」

アランはもう、ものを言う気力もなかった。

☆

図書館の禁書区域は、オリヴィアにとってまさに宝箱の中だった。

一般書店や図書館では見ることができない貴重な本が所狭しと並んでいるのだ。経年劣化で触れることができない本がショーケースに入れられて部屋の中央に一列に並べられており、壁一面の本棚に並ぶ本からは、古書の独特の香りが漂ってくる。

（ふああああああっ）

オリヴィアのテンションは最高潮だ。この場で踊り出したい気分である。

普段は厳重に鍵がかけられており、その鍵は国王が管理しているという図書館の禁書区域。サイラスが貸してくれた『栄華記』の完全版の写本もここにおさめられていたはずである。

オリヴィアとサイラス以外の人間に入られては困るので、サイラスが禁書区域の部屋に内鍵をかけながら微笑んだ。

「夕方までは許可を得ているから、好きなだけ読んでかまわないよ。読書スペースはこの奥の、そう、その薔薇の彫刻の扉の奥だ。あまり広くはないけど、窓から庭の薔薇園も見えるし、なかなか居心地がいいところだよ」

サイラスが説明したが、オリヴィアの耳には半分も入ってこなかった。

オリヴィアはスキップしそうな足取りで本棚に駆け寄ると、限られた時間で何を読もうかと真剣に本を物色しはじめる。

（『黎明記』は絶対ね。あ、この軍記知らない……。ふむふむ、ブリオール国が建つ前の話みたいね。あ、初代国王トルステンは、現ブリオール国を含むこのあたり一帯にあった大国に反旗を翻し、ブリオール国を建国したが、その在位はわずか一年と二か月だった。毒殺されたのだ。初代国王について書かれた書物は少なく、その多くが謎に包まれているとされていたが、どうやら初代国王について書かれていた本は禁書扱いにされていただけらしい。面白い発見ができそうである。

オリヴィアは次々に本棚から本を抜き取っては、細い腕に抱えていく。これも、あれも、それも……と本を重ねていくうちに、ずしっとした重みに腕がプルプルしてきた。だが、なんのこれしき。まだいける！

オリヴィアが気合で本の重みに耐えていると、くすくすと笑いながらサイラスが隣に立った。彼の手には三冊の本がある。その本の上に、オリヴィアの持っていた本を重ねて持ってくれた。

「サイラス様……」

「重いでしょ？　それにしても、こんなに読むつもり？　読み切れる？」

「頑張ります」

そう言いながら、オリヴィアはさらに一冊本を抜き取る。そして次の本棚へ向かうオリヴィアに、サイラスは苦笑した。

「本は逃げないんだから、読み終わってからにしておきなよ」

サイラスに注意されて、それもそうだなとオリヴィアはもう一冊抜き取ったところで諦めた。

サイラスとともに読書スペースへ向かうと、それほど広くない部屋に、使い込んでいることがわかる深みのある茶色の長方形の机がある。窓際の机を取り囲むように、椅子が四脚ほど置かれていた。

格子窓から見えるのは薔薇園だ。温室の中は光が反射してよく見えなかったが、それ以外の薔薇も色とりどりの花をつけていて、もう少ししたら見ごろを迎えることだろう。

しかし、薔薇は確かに美しいが、ここに薔薇を見に来たわけではない。オリヴィアはさっさと視界から薔薇を追い出して、机の上に積み上げられている本から一冊を抜き取るとページをめくる。

サイラスもオリヴィアの向かい側に座って本を開いた。

たまにサイラスの視線を感じたが、すうっと本の世界に集中するとやがて気にならなくなる。

古い本だから、ことさら丁寧にページをめくっていく。ぱらりぱらりとページをめくる音だけが狭い部屋の中に響いて、その静謐(せいひつ)さにオリヴィアはうっとりした。

許された時間は夕方までだ。せっせと本を読み進めていると、オリヴィアがあまりに真剣だったからだろう。サイラスが吐息を漏らして微笑んだ。

「そんなに慌てなくても、また連れてきてあげるよ？」

オリヴィアは弾かれたように顔を上げた。

「本当ですか⁉」

顔を上げた瞬間に、サイラスのサファイアのような瞳と視線がぶつかった。綺麗な瞳がオリヴィアだけを映しているのがわかる。瞳に映る自分を意識した途端、心臓がドクッと大きく脈打ったのがわかった。慌てて視線を落として、鼓動を落ち着けるように深い呼吸をくり返す。

（本に興奮しすぎたのかしら。落ち着いてわたし。あまり変なところを見せたら、もう連れてきてもらえなくなっちゃう！）

鼓動が落ち着いてきたオリヴィアが再び顔を上げたとき、サイラスは窓の外に視線を向けていた。どうしたのだろうと思っていると、ハッとした彼がオリヴィアに向き直って笑う。

「しばらくこの鍵の管理は僕がしていいことになったから、いつでも連れてきてあげられるよ」

明日の午後の予定はあいているかと訊かれて、オリヴィアはぱあっと大輪の薔薇が咲き誇ったかのような満面の笑みを浮かべた。

「あいています！」

あいていなかったとしても意地でもあける、とオリヴィアは机の下で拳を握りしめた。

☆

「笑った……」

アランは目を見開いていた。

ワットールからティアナの教育について苦言を呈されて、混乱を抱えながらぼんやりしていると、見える位置にある図書館の禁書区域に誰かが入ったのに気がついた。

普段、禁書区域には誰も立ち入らない。厳重に鍵がかけられていて、その鍵は国王が管理しているからだ。王族しか立ち入りを許可されていない禁書区域に入るもの好きは、弟のサイラスか母であるバーバラ王妃くらいなものだ。

だから、ふと気になって顔を上げたアランは、その禁書区域の読書スペースにオリヴィアが入ってきたのを見て目を疑った。サイラスが一緒のところを見ると、許可が下りていることは明白だ。

(オリヴィアは……、サイラスの求婚を受けることにしたのか?)

図書館の禁書区域に入る許可が得られたということは、そういうことだろう。チクリ、とアランの胸の奥が、針が刺さったように痛んだが、それがどうしてかはわからない。

普通に考えれば、第二王子からの求婚を断る令嬢はいないだろう。オリヴィアも、知識不足で王妃は務まらなくとも、第二王子の妃くらいなら務まるはずだ。弟とオリヴィアが婚約してもなんら不思議はない。

だが、それをなぜか面白くなく感じて、アランはぼんやりと図書館に視線を向けたまま立ち尽くした。そばにいたバックスも、アランの視線を追うように図書館へ顔を向ける。

「仲睦まじそうで、よかったですね」

「……そうか？」

バックスは婚約破棄をされたオリヴィアのことを心配していた。サイラスと仲がよさそうだと本当に嬉しそうだ。アランはむっとする。

「おや、サイラス殿下がこちらに気づかれたようですよ」

バックスがそう言いながら、窓の奥に見えるサイラスに向かって一礼した。アランも見やれば、サイラスがじっと自分を凝視していることがわかった。

（……なんだ、どうしてそんな目をする）

非難めいた視線に、アランは眉を寄せた。

もともとサイラスとアランはそれほど仲のいい兄弟ではない。互いに無関心なのだ。子供のころに一緒に遊んだ記憶もほとんどない。だが、サイラスは兄に反発するような性格ではなく、互いに無関心だが、不穏な関係になったことはなかった。それなのに、どうしてそんな機嫌の悪そうな顔を向けてくるのか、アランにはわからない。

そのときだった。ふとサイラスの視線がオリヴィアに向かったかと思えば、オリヴィアがぱあっと花が咲くように笑ったのだ。

オリヴィアは昔から、それほど表情を変えない女だった。無表情ではないが、大きく感情を揺らすことがない女のように思えた。薄い微笑は見たことがあっても、満面の笑顔というのはついぞ見たことがない。

「オリヴィアが笑った……」

「オリヴィア様が笑ったからどうされたのですか？」

バックスが不思議そうに首をひねる。

「どうって……笑ったんだぞ⁉」

「はあ……、そうですね？」

「はあ、じゃない！　見てみろ！　笑っているんだ！」

どうしてわからないんだとアランはオリヴィアを指差した。が、やはりバックスには通じないらしい。

「指を差さなくとも見えておりますが。オリヴィア様が笑われたから、なんだというのです？」

「だから、オリヴィアが笑ったんだぞ！」

この驚きがどうして伝わらないんだと、アランは頭をかきむしりたくなった。

（オリヴィアが笑ったんだ！　笑ったんだぞ！　なんでそんなに平然としていられるんだ！）

オリヴィアの笑顔は見たことがないわけではない。作り笑いの微笑はいくらでも見たことがある。彼女はアランの婚約者だったから、他国からの要人を招いたパーティーにも、アランのパートナーとして出席していた。そういうときは、決まってはじまりから終わりまで、彼女は穏やかに微笑んでいるのだ。……だが、あの笑顔は違う。心からこぼれ落ちたような、自然な笑みははじめてだ。

「……オリヴィアは、笑えたのか……」

「殿下、さすがにそれは失礼ですよ」

「うるさいぞ！　お前には私の驚愕がわからないんだ！」

オリヴィアはアランに反抗的な性格だったわけではない。むしろティアナ以上に従順だったように思う。けれども、アランにあのように笑いかけたことなど、記憶する限り一度もない。

（……ああっ、ムカムカする！）

どうしてオリヴィアは、アランには微笑みかけなかったのに、サイラスには微笑むのだろう。

アランのほうがつきあいが長いはずなのに、どうして。

「あの部屋は禁書区域の読書スペースだろう？」

「そのようですね」

バックスが頷く。

あっさり肯定されてムカムカがより広がっていく。

禁書区域に入るということは王族に準じると認定されたも同然だ。つまり、オリヴィアとサイラスの関係を国王が認めたことになる。それがどうしてわからない！

（だいたいなんで禁書区域になんか……、ん？　禁書区域？）

アランはハッとした。

何もねだらなかったオリヴィアが、たった一度だけアランにあるものをねだったことがある。それが、禁書区域に入る鍵だ。

だが、禁書区域に入る鍵をねだったオリヴィアを、アランはただ一言「あそこにある本はお前には理解できない」と言って突き放した。だって、そうだろう？　アランにすら難しい本ばかり並んでいるのだ。古い本ばかりだから、ほとんどが古語で書かれている。オリヴィアに読めるはずがないのだ。

あのときのオリヴィアは「わかりました」と頷いたけれど少し淋しそうだった。

「……あそこの本を、読んでいるのか」

アランがオリヴィアには読めないと判断した本を、オリヴィアが読んでいる。しかも、手元にある本は一冊や二冊ではない。

（そうか……、読みたいから許可が欲しかったんだ。読めたんだ。どうしてそんな簡単なことに、今まで気がつかなかったんだろう……）

父であるジュール国王から禁書区域の鍵を借りることくらい、造作もなかった。オリヴィアは婚約者だったのだから、許可もすぐに出ただろう。それなのに、アランはたった一度の彼女の願いを、その意味を考えることもせずに却下したのだ。オリヴィアがねだったたった一つのことだったのに。

ワットールの言葉が、ふと脳裏に蘇ってくる。

オリヴィアは天才だという、彼の言葉が。

「オリヴィアは……」

もしかして、本当は――。

喉元まで出かかった言葉を飲み込むように、アランはくるりと踵を返した。

「殿下？」

厩舎へ向かうのではなかったのかと不思議そうなバックスの声が追いかけてくるが、アランは振り返らなかった。

――否、振り返れなかったのである。

◆五　王妃の思惑とサイラスの事情

オリヴィアが王太子の書類決裁を手伝うようになって、一週間ほどが過ぎた日のことである。積まれていた書類を片付けて、受け取りに来たアランの補佐官バックスに渡したあと、オリヴィアはテイラーの入れてくれたお茶で一息ついていた。

サイラスが差し入れてくれるお菓子をつまみながら、テイラーと他愛ない会話を楽しむ。午後からはサイラスが図書館の禁書区域に連れていってくれることになっていた。

「サイラス殿下とお嬢様が仲良くなさっていて、わたくしも嬉しいですわ！」

サイラスが毎日のようにオリヴィアを図書館へ誘うことに、テイラーはひどく満足しているらしい。日に日に、「早く婚約しろ」という圧力が増している。

オリヴィアはテイラーの圧力から逃れるようについと視線を逸らす。そのとき、コンコンと部屋の扉が叩かれる音がして、テイラーが腰を浮かせた。

来客を確認したテイラーは困惑顔で戻ってきた。なんでも、バーバラ王妃の侍女らしい。城で働く侍女やメイドたちの中には、オリヴィアに対していい感情を持っていないものも多い。愚者だと蔑むような態度を取られることも珍しくなかった。だから、テイラーの困惑もよくわかる。

追い払うのは王妃に対して不敬だが、部屋に入れたくない――とテイラーの顔が言っている。

オリヴィアが苦笑して侍女を通すように告げると、テイラーは不満顔で扉を開けた。

王妃の侍女は、ソファに座ったままのオリヴィアを不躾に見下ろして、つっけんどんに「王妃様がお会いになりたいとおっしゃられています」と告げた。

「王妃様が？　……どうしてわたくしを？」

「それについてはわたくしは存じ上げません。王太子殿下との婚約を解消されたあなたを憐れに思われているのではないですか？　王妃様は慈悲深い方ですから」

「な――」

思わず口を挟みかけたテイラーをそっと手で制して、オリヴィアは鷹揚に頷いた。

「わかりました。いつ、お伺いすればよろしいでしょうか？」

「明日の昼過ぎに、王妃様のお部屋でお茶でもとおっしゃられています」

「そうですか。では、明日の昼過ぎにお伺いいたしますとお伝えくださいますか？」

王妃の侍女は顎をしゃくるように頷いて、挨拶もそこそこに部屋から出て行く。

ぱたん、と部屋の扉が閉まると、テイラーがその扉に向かってクッションを投げつけた。

「失礼にもほどがあります！　王妃様の侍女はまともに教育を受けておられないのでしょうか!?」

お前よりオリヴィア様のほうが身分が上だぞと地団太を踏むテイラーに、「はしたないわよ」

とオリヴィアは苦笑した。

「まあまあ、相手をするだけ無駄だから。いつものことじゃないの」

「またそんなのんきなことを！」

　テイラーの怒りはまだ冷めないようだが、オリヴィアにしてみればすでに関係のないことになっている。王太子の婚約者だったときは、いい加減どこかで王室の使用人との関係を正しておかないといけないだろうなと思っていたが、もうオリヴィアが王妃になることはない。ならば好きなように言わせておけばいいと思う。品位を疑われるのは向こうだ。王妃にならないオリヴィアにはそれほど痛手でもない。

　オリヴィアはテーブルの上のクッキーの箱に手を伸ばした。

「ほら、甘いものでも食べて少し落ち着いて。このクッキー、おいしいわよ？」

「クッキー？　ああ、サイラス殿下からの差し入れの……」

　テイラーはオリヴィアの隣に腰を下ろすと、すすめられるままにクッキーを一枚口に入れる。オリヴィアもクッキーを一枚手に取った。砕いたアーモンドがふんだんに練り込まれていて、さくっと口当たりのいいおいしいクッキーだ。

「オリヴィア様はアーモンドがお好きですからね！　さすがです、殿下！」

　テイラーのサイラスへの評価はうなぎのぼりである。彼女がサイラスを気に入れば気に入るほどに、オリヴィアへ期待のまなざしを向けてくる。「婚約しろ」と。

オリヴィアもサイラスのことが嫌いなわけではない。ただ突然の求婚に頭がついていかず、まだ判断ができないでいるのだ。貴族である以上、結婚は義務のようなものだから、いつかはどこかへ嫁がなくてはならない。オリヴィアには兄がいるから、いつまでもアトワール公爵家に居座るわけにはいかないのだ。嫁ぎ先という意味では、サイラスはまたとないほどの良縁だろう。

だから、父か兄か——、もしくはサイラス本人からでもいい。たった一言、命令してくれればそれでいい。なのに、誰も命令しないのだ。貴族の結婚は政略結婚である。家のための結婚だ。オリヴィアにはその覚悟があるし、逆を言えばその覚悟しか持っていない。自分で決めるという選択肢はオリヴィアの中にないのだ。

だから、サイラスが「口説く」と言ったときに本気で戸惑った。口説くとはどういうことか、口説かれるとは何かが、オリヴィアにはわからない。

親や婚約者からの命令に従って、流されるように生きてきたオリヴィアにとって、こんなに難しい問題を提示されたのははじめてだった。

（あんな言い方をしたサイラス様は、絶対命令なんてしないでしょうし……、家の都合で選んだらきっと受けてくれないでしょうね）

サイラスが望んでいるものが何かくらいなら、オリヴィアにだってわかる。オリヴィアの「心」だ。だから困る。オリヴィアは誰かを好きになったことがないのだから。

サイラスはオリヴィアをその気にさせてみせると言ったが、自分がその気になる日は来るだろうか。オリヴィアは幼いころから、自分の結婚と自分の感情を切り離して考えている。公爵令嬢が、特に結婚という場面で、自分で選択できることは非常に少ない。せいぜいドレスや装飾品の好みくらいではなかろうか。相手は選択できない。そう思っていた。

（はあ……、どうしてお父様は何も言わないのかしら？）

まるで、オリヴィアの意思を尊重するとばかりに父は沈黙を続けている。

まるで難解な謎かけを解いている気分だった。

オリヴィアは常に、そのときに一番正しい答えを導き出すように心がけてきた。だが、この求婚に対する一番正しい答えがなんなのかが、わからない。

（困ったわ……）

オリヴィアはアーモンドクッキーを咀嚼（そしゃく）しながら、久しぶりに直面した難問に頭を抱えた。

——一方そのころ。

「母上がオリヴィアをお茶に誘った？」

サイラスは、補佐官であるリッツバーグの報告に眉根を寄せていた。

「はい、明日の午後だそうです」

「オリヴィアが兄上の仕事を手伝っていることがもう耳に入ったのか……」

「そのようですね。どうなさいます？」

サイラスは少し考えて、それからニッと口端を上げた。

リッツバーグの隣でサイラスを見ていた護衛官コリンは、やれやれと息をつく。サイラスのこの顔は、子供のころから変わらない、悪戯（いたずら）を思いついたときのものだ。

「もちろん、母上に取り込まれる前に――、邪魔をする」

適任がいるだろうと笑ったサイラスは、まさしくあの国王の息子だとコリンは思った。

☆

翌日。

オリヴィアが部屋を訪れると、王妃は笑顔で出迎えた。

アランと長らく婚約関係にあったのに、思い出してみる限り、王妃と顔を合わせたのはパーティーなどがせいぜいで、個人的にお茶に誘われたことはない。

王妃付きの侍女たちから浴びせられる冷ややかな視線が居心地悪いが、オリヴィアがソファに腰を下ろすとほぼ同時に、王妃は彼女たちを部屋から追い出した。

すでにテーブルの上にはティーセットが用意されている。色とりどりのお菓子の中に一つ、異彩を放つものを見つけたオリヴィアは首をひねった。

（……チェス盤？）

テーブルの真ん中に置かれていたのは、チェス盤だった。王妃はチェスをたしなむのだろうか？　ブリオール国では、チェスは男性がたしなむものとされているから、女性の部屋にチェス盤があるのは珍しい。もちろん女性がすることを禁止されているわけではないので悪いことではないが。

「まずはこの前の王太子の非礼を詫びましょう。ごめんなさいね」

バーバラ王妃は、凛とした声で言って、礼儀作法の手本のような隙のない動作で頭を下げた。

オリヴィアは居住まいを正して、首を横に振った。

「そのようなことはなさらないでください」

「いいえ。これはけじめですから。わたくしは知らなかったとはいえ、王太子がとんでもないことをいたしました。……陛下も、どうして容認したのか」

バーバラ王妃は眉を寄せて細く息を吐き出す。

それから、オリヴィアを見て、ふと笑みをこぼした。

「あなたとこうしてお茶を飲むのははじめてですね。そう緊張しないで、楽にしてちょうだい。今日用意させたお茶はわたくしの兄が治める領地で採れたものなのよ」

「ありがとうございます」

オリヴィアはティーカップに口をつけた。とてもいい香りだ。味も渋みの中に甘さも感じられて、後味もすっきりしている。おいしい。

バーバラ王妃も満足そうな顔で紅茶を飲み、おっとりと、けれどもアーモンド形の瞳を油断なく光らせて訊ねてきた。

「そうそう、あなたが王太子の仕事を手伝っていると聞きました。本当かしら?」

オリヴィアはぎくりとした。

もしかして、部外者が王太子の仕事を手伝っていることを咎めるために呼び出されたのだろうか。だがあれは、王からの命令だったはずだ。

オリヴィアはバーバラ王妃の顔の中に真意を見つけようとしたが無理だった。全く考えていることが読めない。オリヴィアは王妃の思考を読むことを諦めて、虚偽報告はできないので仕方なく頷いた。

「ほんの少しではございますが……」

「謙遜しなくて結構よ。あなたがほとんど片付けていると大臣から聞いたのよ」

どこの大臣だか知らないが、余計な報告をしてくれたものだ。オリヴィアは舌打ちしたくなった。

「聞いた話によれば、今までもあの子の仕事のほとんどを、あなたが片付けていたんですってね?」

「はい……、まあ」

「そう。……正直耳を疑ったけれど、本当だったのね」

バーバラ王妃はこめかみを指先で軽く押さえて、ふうと息を吐き出した。

「わたくしまで情報が回ってこなかったなんて……、陛下の仕業ね」

「あの……すみません、やはりいけないことだったのでしょうか？」

「いえ、いいのよ。陛下が決めたことだもの。あなたにはなんの落ち度もないわ。そう……、なんの落ち度も、なかったのね」

王妃は紅茶を飲み干すと、からになったティーカップを脇に置いて、突然、チェスの駒が入った箱をオリヴィアに差し出した。

「あなた、チェスはできる？」

「はい、一通り、ルールは知っています」

「そう。では、一勝負してくださらないかしら？　もちろん、手加減なんてしないでね」

オリヴィアは手渡された箱を見下ろして、なぜチェスの勝負を挑まれることになったのだろうかと首をひねった。


「チェックメイト、です」

オリヴィアが恐る恐るという体で黒のキングを討ち取ると、バーバラ王妃は楽しそうにころころと笑った。

「あらあら、負けてしまったわ。強いのね」

「いえ、妃殿下のほうこそ……」

それは本当だった。バーバラ王妃は、恐ろしく強い。オリヴィアは何度となく追い詰められて、そのたびに策を練り直すことになった。最初は手加減して適当なところで負けようと思っていたのに、気がつけばそんな余裕はどこにもなく、夢中になって駒を進めて——勝ってしまっていた。

(うまく手加減できなかったの、はじめてだわ……)

オリヴィアがチェスを覚えたのは、王太子アランの影響である。アランにチェスの相手をしろと命じられたのがはじまりだ。そして、アランは負けると腹を立てて面倒くさくなるので、オリヴィアはうまく負けることができるようになるために、必死でチェスをやり込んだのだ。勝つよりも負けるほうが難しいのである。なぜなら、不自然に負ければ気がつかれるほどには、アランはチェスが得意だったからだ。

そのため、オリヴィアは誰を相手にしても、うまく負けることができる。途中で白熱させるように持っていくのもお手のものだ。だというのに、王妃にはそれができなかった。

(でもどうしてチェスなんて……)

しかもバーバラ王妃は、チェスに負けて嬉しそうだ。よくわからない。

オリヴィアは白い駒を箱におさめながら、同じく黒の駒を箱に入れている王妃を見やる。

「あなたから見て王太子はどうかしら？」

またしても唐突に訊ねてきた。

バーバラ王妃は無駄話が嫌いなのだろうか？　脈絡のないことを突然質問してくる。急に話が飛んだようにも思えるが、王妃の中ではその一つ一つが糸でつながっているようだ。

（安易に答えないほうがいいやつだわ）

バーバラ王妃が、どんな意図でオリヴィアを呼びつけたのかはわからない。だが、ここまでの流れでオリヴィアにもわかったことがあった。それは、バーバラ王妃がオリヴィアの「何か」を試そうとしているということだ。それが何かはまだわからないし、それに「合格」すればいいのか「不合格」になればいいのかも、まだわからない。

まずは、この問いだ。この問いに対する答えで、ある程度王妃の考えていることが絞り込めないだろうか。さて、どう返したものだろう。正直に言うか、おべっかを使うか。それとも――。

「わたくしは、あなたの忌憚のない意見が聞きたいの」

オリヴィアの思考を読んだように、バーバラ王妃がかぶせる。

王妃はスコーンを一つ取ると、二つに割って、クロテッドクリームを塗った。オリヴィアはそのゆったりとした一連の動作を眺めながら、王妃の真意を探ろうとした。けれども、王妃の動作に何か引っかかるところがあったわけではない。人を嵌めようとしている人間は、わずかながらどこかに緊張や動揺が走るものだ。つまり、少なくともバーバラ王妃は、オリヴィアを嵌めようとはしていない。

何を試されているのだろう。オリヴィアは答えを探ることを諦めて、正直に答えた。

「矜持の高い方かと」

「そうね。続けて?」

「……その矜持が、正しいほうへ向かえばよろしいかと存じますが、正しくない方向へ向かった場合は……その、王太子殿下という立場からしては、困ることもあるかと思います。殿下の周囲には、殿下が間違ったほうへ進みそうになったときに、助言ができる方が少ないのではないかと……」

「正しくない方向とは具体的に?」

オリヴィアはため息をつきたくなった。言いたくない。でもバーバラ王妃は、自分が満足する答えを聞くまでオリヴィアを解放しないだろう。

(まいっか、もう関係ないことだし)

もしここでオリヴィアが王太子に失礼なことを言ったとしても、もう気にする必要はない。バーバラ王妃が忌憚のない意見をと求めたのだから、オリヴィアが罪に問われる心配はないだろう。

むしろこの場から早く逃げ出したくなったオリヴィアは、続けた。

「矜持と我儘を混同されているときです。また、自身の非や能力の限界を認められないのは問題かと思われます」

多少は怒られることを覚悟しての発言だったが、バーバラ王妃は相変わらずにこにこと微笑んでいた。

王妃はスコーンを食べ終わると、ナプキンで口元と手をぬぐった。

「でも、王や王太子と言えど人間だもの。欠点はあるでしょう？　その場合はどうしたらいいと思うかしら？」

「その欠点を補えるものがそばにいるべきです」

「そうね。『欠点を補えるもの』が必要だわ」

次の瞬間、王妃がここまでで一番の笑顔を浮かべた。まるで獲物を見つけたかのように輝く翡翠色の瞳を見た途端、オリヴィアの背筋に一筋、汗が伝った。

（……間違えた）

直感だった。

オリヴィアは王妃の問いに返す答えを間違えてしまった。すぐに話題を変えて誤魔化すか、この場を立ち去らないとまずいことになるかもしれない。

けれども、王妃はオリヴィアに間違いを引かせることができる相手だ。逃げようとしたところで、あっさり逃がしてくれるだろうか。

（まずい……）

考えろ、とオリヴィアは自分に命じる。だが、考えれば考えるほど、蜘蛛の糸に絡まった蝶のように、身動きが取れなくなっていく危機感を覚える。もしかしたらはじめから――、それこそ、チェスの勝負をしたときから、バーバラ王妃の手のひらで踊らされていたのではないだろうか。

ごくり、とオリヴィアが唾を飲み込んだそのときだった。

「王妃様!!」

外にいる衛兵たちの制止の声とともに、バタン！ と扉が乱暴に開け放たれて、オリヴィアは目を見開いた。

扉を大きく開け放つ格好で、ティアナ・レモーネ伯爵令嬢が顔を紅潮させて立っている。対照的に、ティアナの背後では、王妃の部屋の前で警護に当たっていた衛兵二人が真っ青な顔をしていた。彼らが宙に伸ばしたまま止めている手はきっと、ティアナを止めようとしてそのまま固まってしまったものだろう。可哀そうに、必死に止めようとしたのに間に合わなかったか、ティアナが聞かなかったかのどちらかだと思う。

バーバラ王妃も驚いたようで、その顔からは笑みが消えていた。

「いったい、何事でしょう」

けれども、驚愕を一瞬にしてその顔から消し去って、すぐに微笑みを浮かべるのはさすがだった。バーバラ王妃の落ち着いた声に、衛兵二人も手を下ろして姿勢を正した。

だが、ティアナだけは赤い顔のまま、興奮したようにまくしたてる。

「どうしてオリヴィア様をお茶にお誘いになられたのですか！　オリヴィア様はもう王太子殿下の婚約者ではございません！　婚約者はこのわたくしでございます！　王妃様とお茶を飲む権利はわたくしにございます！」

オリヴィアはくらくらと眩暈を覚えた。ティアナはどういうつもりだろうか。許しもなく王妃の部屋に飛び込んできて、まさかの苦情。怖いもの知らずにもほどがある。

バーバラ王妃はわずかに眉をひそめたが、鷹揚に頷いた。

「……そう。あなたの言い分はわかったわ。仕方がないわね。ティーセットを用意させましょう。少しお待ちになってくださる？　……オリヴィア、今日のところはこれでお開きにいたしましょう。迷い込んできた蝶のお相手をしなくてはいけないみたいだわ」

オリヴィアは頷いて、よくわからないがこれは助かったかもしれないと、王妃の部屋を出てホッと息を吐き出した。

オリヴィアが城で与えられている部屋に戻って間もなくして、サイラスがやってきた。

ティラーがサイラスのティーセットを用意して下がると、サイラスは心配そうな顔で訊ねてくる。

「大丈夫だった？」

その一言で、オリヴィアはピンときた。

「もしかして、王妃様のお部屋にティアナを連れてきたのは……」

「連れていったわけじゃないよ。ただ、遣いをやって、母上とオリヴィアが二人きりのお茶会をしているらしいと情報を与えただけ」

「……殿下」

「ごめん、だって急いでいたし。邪魔をさせるには彼女がうってつけだったし」

つまりは故意にティアナを使ってお茶会を妨害したらしい。

オリヴィアとしては助かったが、どうしてサイラスは、バーバラ王妃とオリヴィアのお茶会を邪魔したかったのだろうか。

サイラスは茶請けのスコーンを二つに割って、クロテッドクリームを塗った。その動作がバーバラ王妃の動きとそっくりだ。塗ったクリームの量までほぼ一緒。さすが親子である。

サイラスのこの様子から察するに、彼はバーバラ王妃とオリヴィアを近づけたくないと考えているようだ。

バーバラ王妃と比べると、断然サイラスのほうが考えていることが読みやすい。だが、どうしてオリヴィアを自分の母親から遠ざけたいのだろう。

サイラスはスコーンを食べて、手についたクリームをナプキンでぬぐった。

「単刀直入に訊くけど、母上についてどう思った？」

「え？　……頭のいい方だと思いましたけど」

「本音は？」

「腹の底が見えない方です」

「そう！　その通り！」

サイラスはパチンと指を鳴らした。

「母上は狸なんだ！　昔っからね。そしてとにかく兄上に国を継がせたくて仕方がない」

狸、と聞かされてオリヴィアは王妃の顔を思い浮かべた。確かにちょっと丸顔で、アーモンド形の目は少し垂れ目で、狸に似ていなくもない……だろうか？

サイラスは二つ目のスコーンに手を伸ばした。

「だから母上は、兄上の将来が盤石でないと気に入らない。少しでも地盤が揺らぐことがあればすぐに手を打ってくる。つまり、今回の君との婚約破棄の件を面白く思っていないんだ。レモーネ伯爵令嬢が兄上の婚約者になったと聞いたときは、一度倒れかけたくらいだからね」

なるほど。オリヴィアの評価は置いておくとしても、我が家はアトワール公爵家だ。父は宰相。王太子の相手としてはこれ以上ない家柄である。レモーネ伯爵家とは雲泥の差がある。

「つまり、どういうことですか？」

「わかりやすく言えば、母上はティアナを追い出してもう一度君を兄上と婚約させたいんだ」

「なんですって？」

それはあまりに無茶苦茶だ。

王太子の婚約である。婚約を破棄しておいて、やっぱりやーめたと元に戻すには、それ相応の理由がない限り認められない。今回の強引な婚約破棄騒動で、アランへの批判も集まっていると聞くし、この状況でオリヴィアと再度婚約しようものなら、議会が荒れてもおかしくない。下手を打てば、廃嫡だ。王太子の座から転がり落ちることになる。

だが、サイラスの言う通りであれば、バーバラ王妃はアラン王太子の将来の地盤が揺らぐことは、ほんの少しであろうともよしとしない。王太子の身分を追われない方法は考えているはずだ。

「君が母上の前でバカをやってくれれば状況は違ったかもしれないけどね……。そうなる確率は低そうだったから、手っ取り早くティアナに情報を漏らして邪魔をさせたんだ」

サイラスの口ぶりでは、バーバラ王妃を相手にチェスで勝つべきではなかったのだろう。そして、彼女の質問にはやはり不正解を出すべきだったのだ。

（ずっとバカを演じてきたのに、肝心なところで失敗しちゃったのね……）

王妃は試していたのだろう。オリヴィアの言ったアランの欠点を補えるものに、オリヴィア自身が値（あたい）するかどうかを。オリヴィアがあそこでバカを演じ切れていれば、バーバラ王妃に見限られていたはずだ。

　サイラスはきゅっと唇を引き結んだ。

「オリヴィア、僕と婚約して」

「殿下？」

「このままだとオリヴィアはもう一度兄上の婚約者にされるよ。それでいいの？」

「それは……」

「母上が動いたら手遅れなんだ」

　サイラスが焦（あせ）るほどに、王妃は厄介な相手なのだろうか。サイラスの求婚が命令ならば、オリヴィアには断れない。サイラスはここでオリヴィアに命令するつもりだろうか。オリヴィアをその気にさせてみせると言った彼は、ここでオリヴィアの心を無視するのだろうか。

（アラン殿下ともう一度婚約するつもりはないけれど、でも——）

　まだ、オリヴィアにはわからないのだ。わからないのに、今ここでサイラスと婚約する道を選んでいいのだろうか。それで、後悔しないだろうか。……今ここでサイラスの手を取ったら、オリヴィアは一生わからない気がする。サイラスと婚約して、結婚して——、わからないまま一生を終える気がする。彼を、選んだことが自分の意思かどうか。

　命令してもらうのは確かに楽だ。だけど、サイラスは口説くと言った。だからまだ、その楽なほうへ流されたくはない。もう少し向き合いたい。自分がどうしたいのか、考えてみたい。

それは、オリヴィアにとって小さな変化だった。幼くして割り切ることを覚え、自分を殺して王太子の望む「オリヴィア」を演じ続けた彼女にとっては、些細だけれど確かな変化だった。

だからまだ、命じないでほしい――と、オリヴィアがサイラスの綺麗な青い瞳を縋るように見返した、そのときだった。

「待ちなさい」

いつの間に入ってきていたのだろう。部屋の扉に寄りかかるようにして立っている相手に、サイラスとオリヴィアが息を呑む。

「……陛下」

薄い微笑を浮かべて立っていたのは、ジュール国王だった。

☆

「サイラス、私はオリヴィアに命令するのは禁止だと言っただろう？」

ゆっくりとこちらへ近づいてきたジュール国王に、サイラスは苦虫を嚙み潰したような表情を浮かべた。

オリヴィアが呼び鈴でテイラーを呼んで、国王のためにティーセットを追加させる。

息子の隣に腰を下ろしたジュール国王は、茶請けに用意されているスコーンを見て、少し嫌そうな顔をした。オリヴィアがその表情の変化に気がついて別のものを用意させようとすると、「かまわない」と手で制す。

「別に嫌いなのではないよ。ただもそもする食感がね、どうもね」

「気にしなくていいよオリヴィア。スコーンは母上の好物で、そのせいで散々食べさせられるから、父上は単に飽きているだけなんだよ」

「お前はバーバラと味覚が似ているから平気だろうが、もともと好きでもなかったものを、毎日食べさせられてみろ。嫌になるのは当然だろう」

「そう言うのを我儘って言うんですよ」

サイラスがそう言って、ジュール国王の前でスコーンを手に取る。

ジュール国王はスコーンに手を伸ばそうかどうしようか悩んでいる様子だった。出されたものには手を出すべきだが、しかし……という葛藤が手に取るようにわかる。オリヴィアは立ち上がって、棚におさめていたチョコレートの箱を持って戻った。差し出せば、国王が嬉しそうに目尻に皺を刻む。

「オリヴィア、甘やかさなくていいのに」

「全くそなたは冷たい。はあ、やっぱり息子はつまらないな。娘が欲しい」

「まだ言ってるんですか……」

サイラスがあきれたように嘆息する。

国王はチョコレートを口の中で転がしながら、息子をじろりと睨んだ。

「息子は可愛げがなくて全然言うことを聞かないからだ。現に今、お前は私との賭けを放棄しようとしていただろう」

ちっとサイラスが小さく舌打ちした。

オリヴィアはきょとんとして首をひねる。

「賭け？」

ジュール国王はニヤリと笑った。

「そなたは、どうして私が、そなたとアランの婚約破棄を承認したと思う？」

不思議には思わなかったかと訊かれて、オリヴィアは小さく頷いた。オリヴィアとアランの婚約は、ジュール国王が望んだことだったと聞いていた。オリヴィアがよほどの失態を犯してしまったのならまだしも、バカを演じていたオリヴィアはしかし「ミス」はしなかった。ただ何もわからないふりをしていただけだ。レモーネ伯爵が読み上げた罪状通り、愚者だから不要だというだけの理由では、王太子の婚約破棄という醜聞は普通ならば選べまい。

（というか、あの罪状、いろいろおかしかったし。あれって殿下とティアナのどちらが考えたのかしらね？）

もしオリヴィアが罪状を用意するのならば、あのような穴だらけの罪状を用意したりはしない。失笑した大臣も多かっただろう。まさかあの罪状がそのままの状態で大々的に出回っているとは思えないが、レモーネ伯爵が罪状を読み上げた大広間には高官たちがそろっていた。今さら取り繕うことはできない。つまり、正気とは思えないようなツッコミどころ満載の罪状を作り上げて婚約破棄まで持っていったのだ。素晴らしい力業である。国王が黙認し、なおかつサイラスの求婚で半ばうやむやにされてしまったからこそ通ったある意味奇跡の婚約破棄劇場だった。

だからこそ、オリヴィアは国王が当然何かを企んでいるのだろうと思った。けれども、オリヴィアは不躾に王の考えを問うつもりはなかったし、婚約破棄されるならそれでいいと思ったから、何も言わなかったのだ。

（でも、ここにきて賭け……、間違いなくこれにはわたしも関係しているのよね？）

つまり、王が婚約破棄を黙認したことに、その賭けとやらが絡んでいるということだ。

（はあ、どうして気づけなかったのかしら。普通に考えて、王太子に婚約破棄されそうになっている婚約者に、その弟王子がその場で求婚するはずないじゃないのよ）

それがすべて国王とサイラスの賭けだとすれば理解できる。どんな賭けなのかは知らないが、国王が婚約破棄とサイラスの求婚を黙認したのは、その賭けのせいだろう。

サイラスに視線を向けると、バツの悪そうな顔をしているから、オリヴィアの予想は少なからず当たっている。問題はその賭けの内容だった。賭けの内容次第では、オリヴィアはサイラスを一生許せなくなるかもしれない。

(口説くって言ったのに、それもすべて嘘だったら……)

ズキン、とオリヴィアの胸の奥が痛んだ。あの言葉はすべて嘘だったのだろうか。サイラスは何を賭けているのだろう。オリヴィアを手に入れることで、サイラスが欲しいものが手に入るのだろうか。……どうしよう、泣きたくなってきた。

オリヴィアのエメラルド色の瞳が曇ったのがわかったのか、サイラスが慌てたように腰を浮かせた。

「オリヴィア、違う！　僕は――」

「まあ待て。順を追って話そうではないか」

「……」

サイラスはジュール国王を睨みつけたあとで、立ち上がってオリヴィアの隣に移動した。そっと手をつかまれたので視線を上げれば、真剣なサファイア色の瞳とぶつかる。彼は無言だったが、あの求婚は本心だよと言われたような気がして、少しだけ、オリヴィアの体から力が抜けた。

ジュール国王は優雅にティーカップに口をつけて、一息ついたのちにもったいぶるように言った。

「すべての発端は、私と王妃の間にある意見の対立からはじまったのだ」

「対立……？」

それは穏やかならぬ単語だったが、国王はにこにこと笑っていた。

「何が対立ですか。くだらない夫婦喧嘩の延長ではじめた賭けでしょう。……オリヴィア、うちの家族は賭け事が大好きで、父上と母上は昔からくだらない賭けをしてばかりいるんだ」

「くだらないとはなんだ。この国にとっての一大事だぞ」

「その一大事を賭けの対象にすることが、くだらないというんです！　巻き込まれるこっちの身にもなってほしい」

なるほど、国王と王妃の賭けにはサイラスが巻き込まれているらしい。……王と王妃の勝負はあちこちに被害をまき散らしているようだ。

「そう言うな。オリヴィア、簡単に言うと、私と王妃の賭けの内容はこの国の次期国王を息子二人のうちのどちらにするかで勝敗を決めるのだ。王妃はアラン、私はサイラスで賭けている」

「え……」

オリヴィアはぽかんとした。ずいぶんと軽い口調で言ってくれたが、本当に国の一大事だった。なんてものを賭けるのだ。玉座の奪い合いは遊びではない。

しかし茫然(ぼうぜん)とするオリヴィアと対照的に、国王はほくほく顔だ。楽しそうである。信じられない。

（冗談よね。冗談って言って……）

オリヴィアは縋るようにサイラスを見たが、彼は肩をすくめるばかりだ。冗談ではないらしい。

くらくらと眩暈を覚えたオリヴィアは、一時話を中断してほしかった。が、上機嫌の国王は続ける。

「そなたも知っての通り、アラン一人に国は任せられない。そして、サイラスは昔から王になりたくない。サイラスがこの様子なので私も諦めかけて、王妃が王手をかけたが、ここに来て状況が変わったのだ」

「……殿下が、わたくしとの婚約を破棄したからでしょうか？」

「そうだ」

つまり、アランの不足を補う役がオリヴィアだったのだ。そのオリヴィアがアランのそばを離れることになったから、アラン一人では「不足」となる。そして賭けは振出しに戻ったということか。だが、アランはまだ「王太子」だ。

(ということは、陛下はわざと今回の婚約破棄を黙認して、アラン殿下の不利になるように仕向けたってことね。……実の息子に対して容赦ないわね)

すべては自分が賭けに勝つために、ということか。えげつないことをするものだ。

「でも、サイラス殿下は王になりたくないのですよね」

いくらアランに汚点がつこうと、サイラスが王になりたくないのであれば、結局は王妃が勝つのではなかろうか。すると、国王の笑みが一層深くなった。

「だから、賭けなのだ。勝利の女神は私に微笑んだ」

「何が勝利の女神なんだか……」

「そう言うな。そなたと私の賭けは、私が強要したことではなく、そなたが言い出したことだろう？」

「サイラス殿下が言い出したこと……？」

サイラスはオリヴィアを見て、そして薄く微笑んだ。

「父上と約束したのは二つだよ。君に求婚する許可を得るかわりに、父上の賭けに加担すること。そしてもう一つは、正々堂々求婚して、君の心を手に入れることができるのかということ。君の心を手に入れられるかどうか、父上と賭けている」

ずきん、と再びオリヴィアの胸の奥が痛んだ。やはりサイラスは、何か手に入れたいものがあるからオリヴィアを欲したのだろうか。不安に思うオリヴィアに、サイラスはまるで自嘲するかのように笑った。

「賭けに勝って君を手に入れることができたら、僕は諦めて王になる。けれども、君を手に入れることができなかったら、僕は君を諦めて、たとえ君が再び兄上と婚約させられたとしても何も言わず黙って受け入れる。これが賭けの内容」

「……それって」

オリヴィアは目を丸くした。賭けに勝っても負けても、サイラスが得をするようなことは何もないのではないか。

「君が僕を選んでくれるなら、王になってもいいと思ったんだ」

「でも、なりたくないって……」

「うん。なりたいかなりたくないかって言われたらなりたくないけどね。でも、僕も最初に言ったでしょ？　全力で口説くって。これが僕のできる全力なんだ。僕は君がそばにいてくれればそれで幸せなんだよ」

オリヴィアの体からすとんと力が抜ける。サイラスは、何か欲しいものがあってオリヴィアを得ようとしていたのではなかった。その何かは、オリヴィアだったのだ。一国の玉座を二の次にして、いったい何をやっているのだと、唖然とするような内容なのに――、オリヴィアはホッとしてしまった自分に気がついた。

どうして自分が安堵（あんど）してしまったのかわからなかったけれど、サイラスの求婚が嘘ではなかったのだとわかって、オリヴィアは嬉しかった。

◆六　ティアナの企み

ティアナは目の前の机に積まれている本の山を見ただけで音をあげそうだった。

王妃教育がはじまって一週間。教育長官のワットールの、何を言っているのかさっぱりわからない授業がなくなって喜んだのも束の間、新たにつけられた三人の教育官と彼らが持ち込んだ教科書の量は膨大だった。

（どうしてわたくしが、こんなに勉強しなくてはいけないの？）

ティアナは薄い茶色の髪をくるくると指に巻きつけながら口を尖らせる。

隣に座っている歴史の教師が片眉を跳ね上げるが、ティアナにはすでに勉強を続ける気はなかった。

オリヴィアを追い出した王太子の婚約者の部屋を自分好みのピンク色に染め上げてとても気分がよかったのに、可愛い部屋の中に不似合いな教科書の山ができたのだ。

せっかく机の上に大きな白いクマのぬいぐるみを飾ったのに、勉強の邪魔だとソファの上に移動させられてしまった。クマと一緒に飾っていた宝石箱も、棚の中におさめられている。

机の上にかけていたレースのクロスも、ティアナがインクの染みがつくからここで書き物をしないと言ったらすぐに取り払われてしまった。残ったのは殺風景なこげ茶の机だけだ。可愛くない。

「初代国王のお名前は覚えられましたか？」

「トなんとかじゃなかった？」

「トルステン国王です!!」

女性教師の金切り声が響き渡る。

ティアナは思わず眉をひそめて、耳を塞いだ。

（このおばさん、本当にうるさいわ）

この歴史教師は、確か法務大臣のところの奥方だった気がする。そうそう、レスター伯爵夫人だ。カナリアのようにキンキン騒ぐなんて、伯爵夫人として品位が足りないのではなかろうか。

（お父様に言って注意してもらいましょう）

このおばさんはわかっていないのだ。今やティアナは王太子の婚約者。ティアナが本気になればレスター伯爵夫人どころか、夫である大臣を左遷することだってできるのだ。それを理解して、敬意を払ってほしいものである。

（だいたい、初代国王の名前を覚えたからって何になるのかしら）

歴史の授業ほど無意味なものはないとティアナは思う。このうるさいレスター伯爵夫人は、先人たちの行いを畏怖と敬意をもって学びなさいと言うけれど、死んだ人間に敬意もへったくれもない。死人が蘇るわけでもあるまいし。

（全く、誰よ、わたくしにこんな教師をつけたのは！）

登城してから、朝から夕方まで毎日毎日勉強漬け。頭がおかしくなりそうだ。アランに苦情を言っても、それは将来王妃になるために必要なことだからと聞く耳を持ってくれない。

（どうしてよ！　オリヴィア様は毎日遊んでいたじゃないの！　どうしてわたくしはこんなに勉強しなくてはいけないの？　わたくし、賢いのに!!）

オリヴィア程度が婚約者を務められていたのだから、オリヴィアよりも賢いティアナが務められるのは当然なのだ。だから学ぶ必要なんてないのである。ティアナにはすでに高い教養があって、王妃の資質を充分に持っているはずなのだから。

「ティアナ様、手が止まっていらっしゃいます！」

レスター伯爵夫人がイライラした声でたしなめる。もう限界だった。

「わたくし、気分が優れませんの」

つん、と顎を反らせば、レスター伯爵夫人が、手に持っていた本をバタンと閉じて、腰に手を当てて仁王立ちになった。

「昨日もそうおっしゃったではございませんか！」

「昨日も体調が優れなかったのですから、仕方がないでしょう？」

「では今すぐ侍医を呼んでまいりましょう」

「結構ですわ。散歩をして気分転換をすれば治るでしょう」

ティアナはそう言うと、レスター伯爵夫人の制止も聞かずに立ち上がった。

「レモーネ伯爵令嬢!!」

レスター伯爵夫人の甲高い怒声が響くが、ティアナはそれを無視して部屋の外へ出る。

残された伯爵夫人は、大きなため息をついて天井を仰いだ。

「……嘆かわしい」


全くふざけていると思う。

どうしてティアナがこれほどまでに苦労をしなくてはならないのだろう。

ティアナはアラン王太子に見初(みそ)められ、その知性を認められて、彼の婚約者になったのだ。

(アラン殿下は、わたくしのことを素晴らしいって言ったもの)

アランとはじめて、挨拶以上の会話をしたのは、半年前のパーティーの夜だった。

昨年の社交シーズンがはじまって少ししたころ——中秋のころに、侯爵家で開かれたダンスパーティーだった。

王太子アランはオリヴィアを伴って出席していたが、彼女は途中で体調が悪くなり、休憩室で休むことにしたようだ。アランは一人で、友人たちと談笑していた。

（本当に、絵に描いたようにお綺麗な方……）

弟のサイラスもまるで陶器の人形のように繊細な美しさを持った王子だが、アランはそれとは真逆の、精悍（せいかん）な魅力を持った王子だった。日に焼けた少し浅黒い肌に、濃い栗色の、さらさらの髪。乗馬や剣術をたしなむから、引きしまった体つきをしている。背の高い実に凛々（りり）しい王子だ。

ティアナは何年も前からアランに夢中だった。はじめて彼の姿を見たのはデビュタントパーティーのときだ。アランは、婚約者であるオリヴィアのパートナーとして出席していたのだ。あのときの衝撃と悔しさといったらない。一目で恋に落ちた王子はすでに他人のものだったのである。

以来、なんとかオリヴィアからアランを奪おうと必死だった。けれども、オリヴィアに恥をかかせて、アランが彼女に幻滅するように仕向けるつもりが、なぜか毎回失敗に終わる。そのせいで彼に近づくことは叶わなかった。

そんなティアナにとって、そばにオリヴィアのいないその夜は絶好のチャンスだったのだ。もちろん彼に近づきたい令嬢はティアナのほかにもごまんといるので、アランの周囲には蜜に群がる蝶のように女性が集まってくる。が、彼女たちを蹴散らすのはさほど難しくはない。なぜならティアナは、彼女たちよりも美しいのだから。

今日の濃いピンク色のシフォンドレスは王都で今一番予約が取れない仕立て屋の手によるも

のだ。ティアナの魅力を充分に引き立ててくれるだろう。

ティアナは胸を張ると、王太子が自分に興味を持って当然だとばかりに堂々と彼に歩み寄った。

「ごきげんよう、殿下」

「君は確か……レモーネ伯爵のところの」

「まあ、覚えていてくださったの？　光栄ですわ！」

アランの周囲にいた彼の友人たちが興味深そうにティアナを見やった。集まっていた令嬢たちは反対に眉を寄せている。

（ふふ、きっとわたくしが美しいから嫉妬しているのね）

アランも優しい微笑みを浮かべている。ティアナの美しさに心奪われたに違いない。挨拶を交わしたことしかないティアナを覚えていたことだって、きっと意識してくれていた証拠だ。

（ああ、なんて罪作りなわたくし……）

ティアナは内心ほくそ笑み、それからふらつくふりをしてそっとアランの腕に寄りかかる。

「申し訳ございません。ちょっと立ち眩みが……」

「それはいけないね。休憩室で休んだらどうかな？　私も向かおうと思っていたところだったから、よければ一緒に行こうか」

休憩室にはオリヴィアがいる。アランが婚約者の様子を気遣って見に行くつもりなのは面白くなかったが、せっかくのアランと近づけるチャンスを棒に振るつもりはない。

ティアナは微笑んで、アランの差し出す手に手のひらを重ねた。

休憩室はパーティーホールを出て、二階に上がってすぐのところに用意されている。ティアナの体調を気遣ってか、アランはゆっくりと歩いてくれた。

「オリヴィア様はご気分が優れませんの？」

「さあ、どうだろう。仮病かもしれない。オリヴィアは人の相手がまともにできるような子ではないから、疲れてしまったのかも」

「まあ……」

ティアナが驚いたふりをすると、アランは肩をすくめた。

「公爵令嬢なのだが……勉強が嫌いなのか、まともに教育を受けていないんだ。きっとアトワール公爵が甘やかして育てたのだろうね。おかげでいつも私は苦労させられるよ」

「お察しいたしますわ……。学ぶことは貴族に課せられた義務ですのに……、ましてや、王太子殿下の婚約者とあらば当然のことですわよね。最低限――ええ、それこそ、わたくし程度の教養は身に着けられるべきですわ」

「ああ、ティアナ嬢は優秀らしいね。レモーネ伯爵の自慢の娘だとか」

「まあ、お恥ずかしいですわ……」

「謙遜することはないよ。オリヴィアも、ティアナ嬢のように勤勉であってくれればよかったのだけど」

　アランは大げさにため息をついた。

（ふぅん、これは相当オリヴィア様に不満をお持ちなのね。ふふっ、いいことを聞いたわ）

　これならば、つけ入る隙はいくらでもあるだろう。父に協力してもらって、ティアナがいかに優れているかを吹き込んでもらえば、王子の心は簡単に手に入るかもしれない。

　階段を上った先にある休憩室の扉を開けると、オリヴィアが一人がけのソファに身をうずめるようにして目を閉じていた。眠っているようだ。

「……本当に体調が悪かったみたいだ」

　アランが眉を寄せて、やや焦ったように彼女の頬に手を伸ばす。真っ白いオリヴィアの肌は、まるで血が通っていない陶器のようだった。

　アランが呼びかけるが、長いまつ毛が伏せられたオリヴィアの瞼が開くことはない。

　アランは肩越しにティアナを振り返った。

「すまないがティアナ嬢。私はオリヴィアを公爵家へ送っていかなくてはならない。一人で大丈夫かな？」

「え、ええ……大丈夫ですわ」

　ティアナは舌打ちしたくなったが、ここではものわかりのいい心優しい令嬢を演じておくべきだろう。ニコリと微笑んでおく。だが、本当は心細いのだと、瞳を潤ませることは忘れない。

アランは簡単に引っかかってくれた。

「今日は兄上とともにパーティーに来たのだったかな？」

「ええ。でも兄はお友達とどこかに行かれてしまいましたわ」

「そうか……。一人は心細いだろう。わかった。オリヴィアを送り届けたら戻ってこよう。それまでこの部屋で待っていてくれるかな」

オリヴィアを抱きかかえながら言うアランの言葉を聞いて、ティアナは心の中で快哉(かいさい)を叫んだ。


あのパーティーのあと、アランとティアナは頻繁に会うようになった。

アランの中のオリヴィアへの不満に同情するふりをしながら、さりげなくティアナがいかに優秀であるかを伝えていくうちに、彼はすっかりティアナに関心を持ったようだ。計画通りである。

父であるレモーネ伯爵にも協力してもらい、アランにティアナを売り込み続けること数か月。とうとう、アランの口からこの一言を引き出すことに成功した。

——君が私の婚約者だったらよかったのだが。

あとはもう、簡単だった。

もともとアランはオリヴィアにいい感情を持っておらず、彼女自身にもほとんど関心がない。婚約者だから大事にしていただけだ。将来の王妃が愚者であることをひどく憂えていたアランの心に、ティアナが入り込むのは容易だった。

そしてティアナがオリヴィアの罪状を書いて父に読ませ、彼女を王太子の婚約者の座から引きずり下ろすことに成功した。

（ここまでは全部計画通りだったのに……）

まさか、王太子の婚約者になったあとに、こんな苦労が待ち受けていたなんて聞いていない。

（どうしてわたくしが王妃教育なんか……！　受ける必要もないくらいに優秀なのに！）

きっとあのワットールとかいう教育長官のせいだ。いけ好かないあの男は、王妃教育の担当者としてやってきた直後に、ティアナに向かって意味不明な質問をして、大げさに嘆息してみせた。そしてあろうことか、「オリヴィア様は素晴らしかったのに」と実に不愉快な一言を吐いて去っていったのだ。その二日後に、ティアナに三人の教師がつけられることになったのだから、ワットールの嫌がらせに違いない。

ずんずんと中庭を歩いていたティアナは、前方に憎きオリヴィアの姿を見つけて立ち止まった。

どうやらオリヴィアはまた遊んでいるらしい。行先はいつもの図書館だろう。お気楽な身分で結構なことだ。

（アラン殿下の仕事はきっとほかの誰かに押しつけたのね！　公爵令嬢だからって好き勝手なことばっかり！　見てなさいよ！）

ティアナが苦労させられているのはすべてオリヴィアのせいだ。前の婚約者だったオリヴィアが不出来だったからに違いない。次の婚約者もバカでは困るからと、ティアナはオリヴィアのせいで勉強漬けにされているのだ。

（オリヴィア様のせいでわたくしは苦労ばっかりだわ！　だいたい王妃様だってどうしてオリヴィア様をお茶に誘ったりしたのよ！　わたくしより先に誘われるなんておかしいじゃない！）

王妃は婚約破棄されたオリヴィアを不憫に思っているのだろう。だから目をかけて優しく接しているのだ。……許せない。

（サイラス殿下だってそうよ！　あの女のどこがいいのかしら！）

オリヴィアは、ちょっとくらいは美人かもしれない。でも頭の中はからっぽなのだ。王太子や王子の妃にふさわしいとは思えない。

ティアナの目の前で、オリヴィアは図書館へ入っていく。そのあとを追うようにやってきたサイラスも同じように図書館へと消えて、ややして二人そろって窓際で仲良く読書をはじめた。

ティアナはギリッと奥歯を噛みしめた。

ティアナは苦労して、オリヴィアは楽しそうにサイラスと遊んでいる。この状況を容認できるだろうか――いや、できない。

ティアナは窓越しのオリヴィアを睨みつけ、そして唐突に笑った。

「いいこと、思いついちゃった！」

あと二週間もすれば、隣国フィラルーシュから、エドワール王太子がやってくる。アランによると、エドワール王太子の歓迎パーティーには、オリヴィアも出席するらしい。そのパーティーの席で、エドワールの目の前でオリヴィアに恥をかかせれば、サイラスだって彼女に幻滅するに決まっている。オリヴィアは笑いものだ。

（うふふ、わたくしって本当に天才！）

ティアナはオリヴィアのせいで苦労させられているのである。このくらいの意趣返しは許されるはずだ。それに、改めてオリヴィアの愚かさが周知されれば、ティアナの秀才さは際立って見えるはず。王妃教育が不要であることもわかるだろう。

ティアナは先ほどまでとは打って変わって、鼻歌交じりの軽い足取りで来た道を戻っていった。

◆七　フィラルーシュの問題

フィラルーシュ国のエドワール王太子は、緩いウェーブのかかった蜂蜜色の髪の、穏やかそうな王子である。

しかしその実、なかなか抜け目のない性格をしていて、笑顔で人の退路を塞（ふさ）ぐような人物だ。オリヴィアはひそかに彼のことを、蛇のような性格の男だと思っている。気がついたときには体に巻きつかれて逃げられなくなるのだ。恐ろしい。

ブリオールとフィラルーシュは友好国であるため、エドワール王太子も毎年ブリオール国を訪れる。オリヴィアも何度もアランとともにフィラルーシュへ行ったことがあるため、彼とも、彼の妃であるエリザベートとも面識があった。

（大丈夫なのかしら……）

オリヴィアはアランの隣で無知を装ってきたが、それはエドワール王太子を前にしても変わらなかった。けれども、無知を装ってきたからと言って、黙って自国の不利になる状況を見守っていたわけではない。

アランはよくも悪くも人の裏を読むことができないまっすぐな性格をした王子だ。エドワールと会話しているうちに、知らないうちにじわじわと、蛇に絞殺されていくかのように、彼の話術に乗せられて――、うっかり、ブリオール国に不利な条件を飲まされそうになったことは、一度や二度ではない。そのたびにオリヴィアは、冷や汗をかきながらさりげなくアランを救出していたのだ。が、オリヴィアはもう、アランの隣にはいられない。

（どうしよう……、心配になってきた……）

ふざけた理由で婚約破棄を突きつけてきたアランのことなど、頼まれたって助けてやるつもりはないけれど――、エドワール王太子の口車に乗せられて、変な約束をしなければいいが。

「眉間に皺が寄っているけど、何か心配事？」

馬車の対面座席に座っているサイラスが小さく首を傾げる。

オリヴィアは、アトワール公爵家に迎えに来たサイラスとともに、城へ向かっている途中である。

サイラスは本日、黒の上下に薄いグレーのシャツ、瞳に合わせて青いタイをつけていた。胸元に飾っている真っ赤な薔薇が彼の白い肌を際立たせている。

オリヴィアは彼のタイの色に合わせて、青いドレスを着ていた。プラチナブロンドの髪はサイドを編み込んで一つにまとめ、彼と同じ赤い薔薇をさしている。互いに色を合わせることで、誰の目にもオリヴィアがサイラスのパートナーであることをわからせるためだ。好奇心に駆られた不躾な人間がオリヴィアを傷つけることを恐れたサイラスの発案である。

「なんでもありません。ちょっと緊張しているだけですよ」

「そう？　だったらいいけど……。今日のパーティーはこれまでのように気を張っている必要はないから、肩の力を抜いて楽しめばいいよ」

いつもみたいに。サイラスのこの言葉にオリヴィアは瞠目した。まるでサイラスは、オリヴィアがいつもアランの動向に目を光らせていたことを知っていたかのようだ。

（……まさかね）

オリヴィアが無知を装いつつ陰でアランをサポートしていたことは、誰も知らないはずだ。

「でも、サイラス様こそいいんですか？　わたくしを連れて歩いていたら、嫌な思いをすることになるかも……」

貴族たちの大半は、オリヴィアを愚者で不真面目だと思っている。王妃教育を拒否して、身分を笠に着て遊び惚けた挙句に王太子に捨てられた女であると。オリヴィアと一緒だと、サイラスまで好奇の目で見られるかもしれない。

サイラスはおかしそうに笑った。

「本質を見抜けないバカの相手なんてするつもりはないよ。それに、逆に今の状況はありがたいかな。君に変な虫がつかなくてすむからね」

そして彼は、そっとオリヴィアの細い手を取ると、その甲に、羽のように軽いキスを落とした。

「だから君は今日、僕だけを見ていてほしいな」

サイラスはどこまで本気で言っているのだろう。オリヴィアは真っ赤になって、どきどきしはじめた胸の上を押さえてうつむいた。


王族は普段、パーティーのときは専用の席を設けられるものである。

たいていが一段以上高い場所に、椅子やソファ、軽食などが並べられたテーブルが用意されていることが多い。

今回は城で行われるパーティーなので、さらに王族の席の前には、カーテンが引かれるようになっていた。

ジュール国王とバーバラ王妃が出席するパーティーでは、二人は最初の挨拶をし、場合によってファーストダンスを踊ったあとは、静かに王族専用の席に座っていることが多い。

アランは席に座ったままではなく会場を歩き回るが、サイラスは王族の席から出てくることは少ない。……それが、普段のパーティーだった。

けれども今日は、サイラスは王族専用の席に籠るつもりはないらしい。エドワール王太子妃とともに王族専用の席にいるため、アランもつきあいでそちらにいるからだろう。オリヴィアが不快な思いをしないように、王族専用の席には近づかないようにしてくれているようだった。

本日のファーストダンスは、フィラルーシュのエドワール王太子とエリザベート妃、アラン王太子とティアナである。ファーストダンスが終了すると、すぐにそれぞれがパーティーを楽しみはじめる。

サイラスに誘われて二曲ほどワルツを踊ったオリヴィアは、そのあと彼とともにバルコニーへ向かった。

春とはいえ夜は冷えるが、ダンスの前にシャンパンを飲んでいたため、火照った頬に夜風が気持ちいい。

バルコニーに並んで、サイラスと月明かりに照らされた庭を眺めながら、他愛ない会話を楽しんでいると、ティアナがアランとともにやってきた。

サイラスがさりげなくオリヴィアをかばう位置に回る。サイラスの背後からアランを見れば、彼はどことなく気まずそうな顔をしていた。

「オリヴィア様、探しましたのよ！」

ティアナがにっこりと満面の笑みを浮かべる。

オリヴィアは怪訝に思った。少なくともティアナは、オリヴィアを目の敵にしていたはずだ。オリヴィアを探しに来たのはなぜだろう。

「オリヴィア様、エドワール王太子殿下がオリヴィア様にお会いしたいとおっしゃられていますわ！　さあさあ、参りましょう！」

気持ち悪いくらい上機嫌なティアナに、オリヴィアはサイラスと顔を見合わせた。

（エドワール殿下がわたしに会いたい……？　そりゃあ、面識はあるけど、わざわざアラン王太子の元婚約者を呼びつけるかしら？）

エドワールとは特別親しいわけでもない。

サイラスがアランに視線を向けた。

「兄上、エドワール殿下は、オリヴィアにどういったご用事でしょう」

「私は知らない。先ほどまで侯爵たちと話をしていたからな。だが、ティアナが言うにはエドワール殿下がオリヴィアを呼んでいるらしい」

オリヴィアと名前で呼ばないでほしいと言ったのに、アランは相変わらずオリヴィアのことを名前で呼ぶつもりらしい。注意するのも面倒なのでオリヴィアはもう一度サイラスと顔を見合わせると、呼ばれているなら仕方がないと、エドワール王太子のもとへ向かうことにした。

エドワール王太子は、エリザベート妃とともにジュール国王とバーバラ王妃と談笑中だった。

オリヴィアが近づくと、エドワール王太子が微笑む。

「オリヴィア嬢、久しぶりだね」

「お久しぶりでございます。殿下。エリザベート妃殿下も」

「ええ。お元気そうでなによりですわ」

エリザベート妃がおっとりと微笑む。

二人はオリヴィアが王太子から婚約破棄されたことを知っているはずだが、触れずにいてくれることにホッとした。訊ねられても、オリヴィアには答えられるだけの理由がない。

ティアナはアランの腕に自分の腕を絡めながら、華やいだ声をあげた。

「エドワール殿下！　ほら先ほどのお話！　オリヴィア様ならきっといい案をお持ちですわ」

そう言って、ティアナはにやりとした笑みをオリヴィアに向けてくる。エドワールが呼んでいると言ったが、その口ぶりではティアナがオリヴィアを連れてこようとしていたように聞こえる。

サイラスも気がついたようで顔をしかめたが、エドワール王太子の手前咎めることもできなかった。

「ああ、そうだったね。確かにオリヴィア嬢なら何か知恵を貸してくれそうだ」

ティアナに言われて、エドワールが頷く。

エドワール王太子に促されて、オリヴィアたちは席を移ることにした。ティアナの言っていた「先ほどの話」は、人に聞かれたくない話のようだ。

ジュール国王たちに断りを入れて、オリヴィアは二階の王族専用の休憩室へ向かった。

アランが給仕を呼んでドリンクを運ばせると、エドワールは白ワインを口に運んで、穏やかに言った。

「さっきの話だけどね、実はブリオール国との国境付近にある町の話をしていたんだよ」

「国境付近の町、ですか？」

フィラルーシュとブリオールの陸続きの国境付近にある町はいくつかある。その町がどうかしたのだろうか。賊が出るなどの、物騒な話は最近では聞いたことがないが。

「税収が激減したんですって！」

ティアナがブドウを一粒口の中に入れながら、明るい声で言った。

オリヴィアは眉を寄せた。

「税収、ですか？」

「そうなんだ。ここ数年のことなのだが、その町の税収がずいぶんと少なくなっていてね。町の人間が領主へ言うことには、何年も不作の年が続いているそうなんだよ。その町の領主を務める伯爵は、善人を絵に描いたような人間というか……、税収が少なくなったからと言って、税率を上げるようなことはしない。黙って町民の言う通り、三分の一に減った税を受け取っているんだ。領地の中にはほかにも町や村があるけれど、あまり広い領地ではないからね、財政が逼迫しているらしくて、私のところに相談が上がってね。彼が言うには、なんとかしてその不作の原因を突き止めて、元に戻したいと言うのだが、さてさて、その原因がわからなくて困っていてね」

エドワール王太子はのんびりした口調でそう言う。内容と口調が不一致なのが少々気になったが、確かに、税収が減ればその伯爵家は大変だろう。領地の税収が減ったからと言って、伯爵家が国に治める金額が減るわけではないのだ。領地の収益で国に治める金額に変動があるとはいえ、最低金額は決められている。その最低金額さえ支払うのが苦しくなるほど税収が落ちれば、いずれその伯爵家は没落することになるだろう。

「本当にお可哀そうですわ！」

ティアナの元気いっぱいの声が響き渡る。

ティアナの隣で、アランが眉間に皺を寄せた。

エドワール王太子はこのくらいで気分を害するような人ではないだろうが、悩みを打ち明けているというのに、楽しそうに相槌を打たれてはたまらないだろう。

けれども、ティアナを諫めるのはアランの仕事だ。オリヴィアが口を出すことではない。

オリヴィアはマーマレードジャムの乗ったクラッカーを口に入れつつ考えて、それから口を開いた。

「不作の原因がわからないということは、天候などに変化はなかったということでしょうか。例えば突然の雹や、冷夏……、あとは、そうですね、バッタなどの害虫の大量発生などは？」

「そのような報告は一切受けていないね」

「土壌はいかがでしょうか。地下水脈の枯渇や移動などで、地質に変化が生じたとか……」

「やだぁ！　オリヴィア様ったら！　そのくらい殿下が調べていないはずないじゃないですか。本当におバカさんなんだから！」

サイラスが鋭い視線をティアナに向けたが、エドワール王太子は穏やかな口調のまま続けた。

「ティアナ嬢の言う通り、そのあたりも調べてみたが、変化は見られなかったな」

オリヴィアは細い顎に手を当てて考え込んだ。疑問点は二つだ。一つは、先ほどエドワールが告げた不作の原因。土壌や天候に変化が見られないのならば、いったい何が原因なのだろう。そしてもう一つは――

（どうしてエドワール殿下が、この話をわざわざここでしたかということよね。ここで話したところで得なんてないもの）

ブリオール国には関係のない話である。他国の領地経営に口を出せるはずもない。

（……待って）

オリヴィアはわずかな引っかかりを覚えて顔を上げた。わざとブリオールの公用語ではない言葉――フィラルーシュの公用語を用いて話しかける。

『国境をまたいだブリオールの町でも同じように不作が続いているのでしょうか？』

オリヴィアが突然フィラルーシュの言葉を話したため、アランとティアナが驚愕の表情を浮かべる。

オリヴィアの隣では、どうやらフィラルーシュの公用語を理解しているらしいサイラスが、違った意味で驚いた表情を浮かべていた。こちらはオリヴィアがフィラルーシュ語を話せたからではなく、オリヴィアの質問の意味に驚いているのだろう。

エドワールはワイングラスを置くと、わずかな間を挟んで答えた。

『調べてみたが、国境をまたいだそちらの町では、収穫量に変化は起こっていないようだった。むしろ昨年は豊作だったようだね』

『そうですか……。ありがとうございます』

オリヴィアは難しい顔で押し黙った。これ以上首を突っ込んでいいものか悩んだのだ。オリヴィアはアランの婚約者ではないから、下手に外交問題に口を挟むべきではない。

（でも……、エドワール殿下のこの様子だと、ある程度なんらかの予測は立てていらっしゃるはず……。それなのにわざわざこの話をしたということは、もしかして――）

「もう！　オリヴィア様ったらなんですの！　内緒話みたいで嫌な感じですわ！」

オリヴィアの思考をぶった切るように、ティアナが不満そうにわめきたてた。

（……ティアナはのんきでいいわね）

オリヴィアは嘆息したくなった。オリヴィアの隣で、サイラスも眉をひそめているというのに、どうして気がつかないのだろう。

「それで、オリヴィアには原因がわかったのか？」

アランが身を乗り出すようにして訊ねてきた。

だが、オリヴィアには答えられなかった。脳裏をよぎったのはいくつかの可能性だが、これは調べてみないとわからない。不用意に口に出せるものではないのだ。

「もう、オリヴィア様ったらわからないからって黙り込まないでくださいよ！　もしかして本当に答えがわからないんですか？　こーんなに簡単なことなのに！」

能天気な声でティアナが言えば、全員の視線が彼女に向かった。

「ティアナはわかったのか？」

アランが目を丸くしている。ティアナは勝ち誇ったように頷いた。

「もちろんです！　答えは簡単！　その町の人たちが、収穫された作物を隠して不作のふりをしているんですよ！　自分たちが贅沢をするために！」

オリヴィアはティアナの導き出した解には是とも否とも答えなかった。

エドワール王太子がうっすらと笑って「なるほど、そうかもしれないね」と答える。

ティアナが嬉しそうに笑う声を聞きながら、オリヴィアは嫌な予感を覚えていた。


「殿下」

パーティーが終盤にさしかかったころを見計らって、オリヴィアはバルコニーで涼んでいるエドワール王太子に声をかけた。

エリザベート妃は王族専用の席でティアナたちと話をしている。

サイラスは先ほどアランに呼ばれて、一時的にオリヴィアのそばから離れていた。エドワールと二人きりで話すチャンスは、今しかない。

オリヴィアが近づけば、エドワールはまるで彼女が来るのがわかっていたかのように微笑んで振り返った。

『一人になったら来ると思っていたよ』

エドワールがフィラルーシュの言語を口にする。内緒話には、フィラルーシュの言葉を使うのが得策だろう。オリヴィアもすぐに言葉を切り替えた。

『先ほどのお話の件ですが、その町がどこか具体的に教えていただいてもよろしいでしょうか？』

『ウィンバルの町だ』

『ウィンバル……』

オリヴィアは頭の中に地図を描いた。そして、その町と国境を挟んだ先にあるブリオールの町の名前に、オリヴィアは眉を寄せる。

オリヴィアは出しゃばらずに見ていようと思ったが、アランのあの様子ではなんの可能性も思いついていないだろう。そして、ウィンバルと国境を挟んだこちらの町の名前はデボラ。

――これでは、下手にアランに忠告できない。

（まさかとは思うけど……、エドワール殿下のこの様子から、思いつく限りの最悪の可能性を視野に入れておいたほうがよさそうね……）

オリヴィアが動くなら、サイラスを巻き込むことになる。ただの公爵令嬢の立場でこの件に首を突っ込むことはできないからだ。だが、この件にサイラスを巻き込んだ場合――、オリヴィアの想定する最悪の可能性がこの件の真相ならば、サイラスは次期国王の座に王手をかけることになるだろう。王位を望んでいない彼を巻き込むのは躊躇われた。

エドワールはじっとオリヴィアを見つめたあとで、唐突に話題を変えてきた。

『どうしてアラン王太子と婚約を解消したの？』

オリヴィアはやむなく思考を中断して顔を上げた。遠慮して訊かないでいてくれたと思ったのに、ただ訊くタイミングを見計らっていただけだったようだ。

『それはアラン殿下に訊いていただけると』

『なんだ。その様子だと、君のほうからフったわけではなかったのか』

『それは、まあ』

『ふぅん。……君を手放すなんて、アラン殿下には、自虐趣味でもあったのかな？』

エドワールがあきれたようにつぶやくが、オリヴィアは聞かなかったことにした。

オリヴィアはそんな世間話よりも、エドワールの真意を測らなくてはならない。エドワールがこの話をこの国でした真意を、だ。おそらくエドワールは、オリヴィアが推測した最悪の可能性までわかっているはずだ。

『エドワール殿下は、先ほどの件を、こちらに預けてくださるおつもりですか？』

『おや、我が国の問題に手を貸して、そちらに得があるのかな？』

『得があるかないかは、結果と、そして殿下の判断によるかと』

『……だから君は好きだよ。もちろん、人としてね。私は妃を愛している』

思わぬのろけを聞いてオリヴィアが目を丸くすると、エドワールは笑った。

『いいよ。こちらでも手が出しにくいところもあるし、君が動くなら預けてもいい。でも、君が動かないなら預けたくない。どうする？』

『わたくしが動けば……』

『結果がどうあれ、悪いようにはしない。まあ、話し合いは必要になるだろうけどね』

オリヴィアはホッとすると同時に、これでサイラスを巻き込むことが確定してしまったと落ち込んだ。サイラスはどう思うだろうか。勝手に話を進めてしまったオリヴィアに怒るだろうか。

エドワールは話が終わったとばかりにエリザベート妃の待つ王族専用の席へ戻ろうとして、それから思い出したように振り返った。

『そうそう、よくわからないが、この話をアラン殿下にしたところ、彼の新しい婚約者のティアナ嬢が君なら答えを導き出せるかもしれないと言ったけど……、あれにはかなり悪意があったように感じたよ。君は頭がいいけれど鈍感なところがあるから、少し周囲に気をつけたほうがいいよ』

悪意はどこに潜(ひそ)んでいるかわからない――と言い残してエドワールが去っていく。

エドワールが立ち去ると、ややしてサイラスがやってきた。

「どうしたの？　表情が暗いけど……」

オリヴィアはサイラスを見上げて、そして、エドワールと交わした会話について説明した。

☆

翌日のことだった。

「オリヴィア」

図書館へ向かう途中に呼び止められて振り返れば、そこにはアラン王太子の姿があった。

本日はサイラスが剣術の稽古があるため、オリヴィアは図書館の禁書区域でないところで調べものをするつもりだった。

図書館のある裏庭へ向かうために階段を下りていたオリヴィアの隣に並んだアランは、ちらちらと何か言いたそうにこちらを見てくる。

思えば、婚約破棄をしてからパーティー以外の席でアランに会ったのははじめてだった。

「何かご用でしょうか？」

婚約破棄を望むほどに嫌っている相手に話しかけてきたのだから、それ相応の理由があるはずだと思ったのだが、アランの歯切れは悪い。

「その、だな。……書類は片付いたのか？」

書類とはティアナのかわりにやっている決裁書類のことだろうか。

「ええ、午前中に片付けましたけど」

「そ、そうか……」

どうしてか、アランが狼狽(ろうばい)している。

わざわざ書類が片付いたかどうかについて確かめに来たのだろうか。もしかしなくても、オリヴィアがさぼって遊んでいると思った？　どちらにせよ、アランの用事はこの質問で終わりだろうと、オリヴィアは彼に一礼して階段を下りていく。その後ろを、アランがついてきた。

アランがずっとあとをついてくるので、オリヴィアは庭に降りたところで立ち止まった。

「殿下、まだ何かご用でしょうか？　わたくしは図書館に向かうところですので、殿下には面白みのないところかと思いますが……」

「い、いや！　私も今日は図書館へ行くんだ！」

「そう、なのですか？　ではお邪魔でしょうから、わたくしはまた今度に……」

「いや！　かまわない！　図書館はとても広いのだ！」

図書館が広いのはわかり切ったことだ。オリヴィアは図書館が狭くなるから行くのを控えようとしたのではなく、単に彼がオリヴィアの顔を見たくないだろうからやめておこうと思っただけなのだが。

今日のアランは妙に挙動不審だった。

「そうですか、では、お邪魔にならないようにいたしますね」

オリヴィアが言えば、アランはホッと息を吐き出した。

そして、オリヴィアの隣を歩きながら、どこかそわそわしたように口を開く。

「その、オリヴィアはフィラルーシュの言葉が喋れたのだな！」

「はい」

「い、いつ学んだんだ？」

「子細は覚えておりませんが……、十歳前後ではないでしょうか？　使わないと忘れますから、今でもたまに教師につくようにしております」

「そうなのか……」

「ええ」

「そうか……。ええっと、オリヴィアは図書館が好きなのだな」

アランが急に話題を変えてきて、オリヴィアは不思議に思ったが頷いた。

「はい。本が好きなんです。それに、あと三日もすれば、お城の図書館には自由に出入りができなくなりますから」

「どうして？」

「図書館に自由に出入りできるのは、レモーネ伯爵令嬢のかわりに書類を引き受けている一か月だけですから。あと三日もすれば約束の一か月ですし、わたくしが城へ来ることもなくなります」

「…………」

アランが大きく目を瞠ったが、オリヴィアはそれには気がつかず、図書館の重厚な扉を開いた。

目当ての本を持って窓際の席に向かえば、ややしてアランも自分が読もうと思う本を持って戻ってくる。席はたくさんあるのに、なぜかオリヴィアの真向かいに座った。

「い、いい天気だな！」

「え？　……ええ、そうですね」

オリヴィアは窓から入り込んでくる日差しを確かめるように顔を上げて頷いた。雲一つないとまでは言えないが、なかなかいい天気だ。

「お前はなんの本を読むんだ？」

「これですか？　……フィラルーシュの、税に関する本です」

「は？　なぜそんなものを……」

「お気になさらず。ただ気になっただけですから」

オリヴィアは本に視線を戻したが、その後も、アランはぽつぽつと話しかけてくる。彼の手元の本は一ページも進んでいない。読む気があるのだろうか？

読書の邪魔をされて、オリヴィアはちょっと鬱陶しくなった。

「殿下、おっしゃりたいことがあればはっきり言っていただいてかまいませんよ？」

するとアランは途端に狼狽えて、何を思ったのかまたも突拍子もないことを言い出した。

「お、お前が城に来なくなるのは、その……、淋しいと、思う」

「はい？」

オリヴィアはつい訊き返してしまった。訊き間違いでなければ、アランは「淋しい」と言わなかっただろうか？　訝しく思ってじーっとアランの顔を見つめていると、その顔があっという間に真っ赤に染まって、オリヴィアは「ああ」と合点がいった。

「殿下、お熱がおありなんですね。体調の悪いときはお休みになられたほうがよろしいですよ」

熱のせいで様子が変なのだと決めつけると、アランは不貞腐れたようにそっぽを向いた。

「思うに、お前はたまに無神経だと言われないか？」

オリヴィアはよくわからずに首を傾げた。


サイラスの剣術の稽古が終わった夕方になって、オリヴィアは彼の部屋へ向かった。

彼の部屋に入ると、そこにはサイラスの護衛官のコリンと補佐官のリッツバーグの姿があった。

二十六歳だというリッツバーグはレンガのような色の髪をしていて、顔立ちは平平凡凡であまり特徴がない。彼はもともと税務大臣のところで密偵のような役割の仕事をしていて、三年前にサイラスが自分の補佐官として引き抜いたらしい。目立たない雰囲気なのも、もともとの平凡な顔立ちに加えて、リッツバーグ自身がそう努めているからだという。

ソファの前のローテーブルの上には、紐で閉じられた冊子が山になっていて、すでにリッツバーグとサイラスが作業をしていた。コリンは扉のところに立って、誰かが来ないかどうか聞き耳を立てている。

「ごめんなさい、お手数をおかけして」

オリヴィアがソファに腰を下ろすと、サイラスは顔を上げて笑った。

「いや。君の推測が正しければ、僕も王子として見過ごせないことだからね」

サイラスに用意してもらったのは、フィラルーシュ国のウィンバルと国境隣りの町デボラを含む領地の帳簿だ。貴族の領地の税収はすべて国に報告の義務がある。ブリオールは貴族が得る領地の税収に対して国に納める税の額や割合が変化するため、脱税防止のためにきっちり管理しているのだ。

「君の言う通り、過去十年の帳簿を持ってきたよ」

帳簿を手に入れるために、元税務官のリッツバーグが協力してくれたそうだ。税務大臣は不思議そうな顔をしていたそうだが、改ざんの危険性はなしと判断して、本日中に返却するのであればと許可を出してくれたらしい。

オリヴィアは冊子を一冊取ると、中身を確認していく。

ぱらぱらと紙をめくる音だけが響き、やがて、オリヴィアは顔を上げる。

「サイラス殿下、帳簿の金額に大きな変化はありましたか？」

「ないな」

「わたくしが調べたところもです。どれも多少の差はありますが、毎年、領地の収益はほぼ同じ金額でした」

オリヴィアは冊子を閉じると、手元の紙に毎年の税収の額を書き出していく。そして、もう一つの紙には、違う数字を書き出して、二つを照らし合わせて首を傾げた。

「……やっぱり、おかしいですね」

「なるほど、これは……」

リッツバーグも、オリヴィアが書き出した紙を見て唸る。

サイラスが額を押さえてため息をついた。

「これは妙だな」

扉の前に立っていたコリンは、三人が何に対して「おかしい」と言っているのかわからずに、首をひねった。

◆八　調査

約束の一か月が終わり、オリヴィアが城へ来なくなって四日。

王太子アランは、なんとなくオリヴィアの顔が見たくなって、アトワール公爵邸を訪れた。

だが、会いたかったオリヴィアは不在で、執事のモーテンスから彼女が旅行へ出かけたと聞かされてアランは愕然とした。すごすごと城へ戻りながら、馬車の中で重いため息をつく。

オリヴィアが王都を出発したのは、昨日のことらしい。ちょうど、弟のサイラスも視察に行くと言って昨日からどこかへ出かけていた。こんな偶然はあるだろうか？

（まさか一緒に出かけたのか……？）

ガラガラという馬車の車輪の音に頭痛がしそうになる。

（サイラスはオリヴィアに求婚したが、オリヴィアはまだそれを受けてはいないはずだ。どうして二人が一緒に……、いや、まだ一緒に出かけたと決まったわけでは……）

軽い頭痛のせいか、苛立ちが募っていく。

サイラスは弟のくせに、兄の婚約者に求婚したのだ。婚約破棄をした直後とはいえ、あまりに不躾ではないだろうか。オリヴィアはアランのものだった女だ。……そう、オリヴィアは、自分のものだった。

オリヴィアを手放したのは自分で、婚約が解消されたオリヴィアが誰を選ぶのも自由なはずなのに、彼女がサイラスを選ぶと考えるだけで吐き気がしてくる。

頭痛はおさまらず、こめかみを押さえたまま城の私室に向かったアランは、扉の前にティアナが立っているのを見て足を止めた。どうやらアランに用事があったらしい。

ティアナは書類仕事を頑張っているようだ。いつも午前中に仕事を終えて、ふらふらと庭を散歩しているのをよく見かける。やるべきことをこなしたあとでティアナが何をしようと自由のはずだが、アランの補佐官であるバックスは日に日に疲れたような顔をするようになった。オリヴィアが対応していたときはいつも穏やかな顔をしていたというのに、その表情の差はなんだろうかと思う。だが、アランが訊ねても「大丈夫です」しか言わないのだから、書類にかかわることではないのかもしれない。

「どうした？　中で待っていればよかっただろう」

ティアナは、不貞腐れたようにアランの部屋の扉を守る衛兵を睨んだ。

「だって、通してくださらなかったんですもの」

なるほど、アランの部屋には重要書類も置いてある。主人が不在のときに不用意に他人を入れてはならないと指示を受けている衛兵がティアナを通さなかったのも頷ける。

だが、来るたびに追い返されていてはティアナがうるさいだろう。彼女は文句が多い。

「お前たち、私の不在時であってもティアナは通していい。彼女は婚約者だからな。ティアナ、おいで」

アランが扉を開けると、ティアナは嬉しそうについてきた。

「任せている書類仕事は順調なようだね。大変ではないかな？」

「大丈夫ですわ！　全然問題ございません！」

ティアナはそう言って胸を張る。

アランは少し驚いた。

「そう、なのか？」

散歩をしているくらいなのだから、滞りなく終わっているとは思っていたが、ティアナが余裕そうなのは意外だった。オリヴィアも午後には余暇を作り出していたので、オリヴィアよりも優秀だと自分で言うティアナであれば、片付いても不思議ではないはずなのだが——、どうしてだろう、少し引っかかる。

メイドにケーキを準備させると、ティアナはそれを食べながら元気いっぱいにお喋りをはじめた。まだ頭痛のするアランは、できればもう少し小さな声で話してくれないだろうかと思いながら、黙って相槌を打つ。ティアナの話を聞くことは、少し前までは苦痛でもなんでもなかったのに、今日はできるだけ早くこの場を切り上げたいと、そればかり考えていた。

そんなアランの様子に気がつかないティアナは、次から次へととりとめのない話を続けていたが、教師が探しているという知らせが入って、縋るようにアランを見る。

「殿下、わたくし、まだお話ししたかったのですけど……」

「だが、勉強の時間なのだろう?」

「そうですけど……、勉強なんかあとからでも……」

「教師は君の勉強だけを見ているわけではないからね。ほかにも仕事を持っている。予定時間をずらすのは彼らに迷惑がかかるよ」

補佐官のバックスが、「さあ出て行け」と言わんばかりに部屋の扉を大きく開け放った。

ティアナは扉に視線を向けて、気分を害したように眉を寄せたが、渋々立ち上がる。

「殿下。また明日時間を取っていただけます?」

「……そうだね。仕事の合間だからあまり長くは取れないだろうけど」

アランは曖昧に答えたが、ティアナは満足そうに頷くと部屋を出て行く。

ティアナが去ると、アランはぐったりとソファに身を沈めた。

「……オリヴィアなら」

ふと、思う。

オリヴィアはあまり口数の多くない女性だった。話すときも、心地いいトーンで、心地いいテンポで、静かに話す。彼女との婚約関係を解消してまだ一か月ほどしかたっていないのに、それがひどく懐(なつ)かしい。

もちろん、それをつまらなく思っていた自分がいたのも事実だ。

　オリヴィアは自らアランに話題を振るようなことはほとんどなかったし、アランが話しかけてもあたりさわりのないことばかり言って、面白い話の一つもできなかった。アランが周囲にオリヴィアはバカだと言っても怒りもせず、それによって周囲から軽んじられても眉一つ動かさない。

　感情を揺らさないオリヴィアは人間ではなく人形ではないかと思ったことも、一度や二度ではなかった。

（……バカ、か）

　アランはずっとオリヴィアを愚者だと思っていた。学ぶことが嫌いで、努力をしない。王妃はただお人形のように座っていればいいだけだと勘違いしているどうしようもない女だと。しかし、王妃教育の教育長官であるワットールや、補佐官のバックスも口をそろえてオリヴィアは天才だという。

　そして、そんなはずはないと疑ったアランも、先日のフィラルーシュ国のエドワール王太子とのやり取りで、考えを改めなければならないと思いはじめた。

　異国の言葉に堪能で、アランには理解できないその言葉でエドワール王太子と対等にやり取りをしていたオリヴィア。図書館で、当たり前のようにフィラルーシュの税に関する難しい本を読んでいたオリヴィア。アランが苦戦していた書類の山を、涼しい顔で片付けてしまうオリヴィア。あれほどよく知っていたはずの「オリヴィア」が、アランの中で崩れていく。

本当のオリヴィアは、いったいどんな女性なのだろうか。

本当にオリヴィアが天才なのであれば、どうして彼女はバカのふりをして、その不当な評価を受け入れていたのだろうか。

アランはソファに身を沈めたまま、考えるように目を閉じた。

（オリヴィアは最初……そう、紹介されたときオリヴィアは、確かに天才だった。頭のいい子だと父上から紹介されたんだ。利発そうなエメラルド色の目をキラキラさせた、好奇心いっぱいの女の子で……）

そこまで考えて、アランはハッとした。

目を開けると、視界に高い天井が飛び込んでくる。

（そうだ。オリヴィアは天才だったんだ。どうして忘れていたんだ。彼女は間違いなく天才で……、そして――）

あれは、オリヴィアと婚約して一年ほどたったあたりのことだと思う。教育官にオリヴィアと比較されることが多かった当時のアランは、息苦しい毎日を送っていた。誰もかれも口を開けば「オリヴィア様なら」「オリヴィア様はすでに覚えていらっしゃいます」「この程度の計算オリヴィア様なら……」とオリヴィアを絶賛し、その次にこう続ける。「アラン殿下はいずれ国王陛下になられるのですから、婚約者様に後れを取ってはなりませんよ」と。

五歳も年下の女の子に比べられて貶されることに鬱屈した毎日を過ごしていたアランの感情

が、あるとき爆発した。

——お前が隣にいると私はバカのように思われるのだ！　お前はこれからずっとバカのふりをしていろ！　これ以上教育は受けるな！　婚約者ならば私を立てることをしろ！

思い返してみれば、七歳の子供を相手になんということを言ったのだと思う。

だがあのときのオリヴィアは泣きもせず、黙ってアランを見返して、静かに頷いた。

（あのときからだ……、オリヴィアの様子がおかしくなったのは）

むしゃくしゃしていたアランはその足でオリヴィアの王妃教育の教育官だったワットールを解任した。だがそれはただの嫌がらせに過ぎなかった。どうせワットールのことだから、国王に苦情を言いに行って、再びオリヴィアの教育官に戻るだろう。少しの間遠ざけるだけだ。その程度に思っていた。

それなのに、どういうわけか、オリヴィアは本当に王妃教育を受けなくなった。そして、アランもいつの間にかオリヴィアに何を言ったのかをすっかり忘れて、ただ遊んでばかりの婚約者と決めつけた。

（……本当の愚者は私だ）

アランは両手で顔を覆った。

オリヴィアにバカを演じるように命令した自分がそれを忘れて、オリヴィアがバカだと不満に思うなど——。

アランは自分の愚かさを呪って、しばらく立ち上がることもできなかった。

☆

ブリオールとフィラルーシュの国境付近に位置するデボラは、フィラルーシュのウィンバルの町と川を挟んで隣にある。

王都からデボラまでは馬車で十日ほどの距離だ。

デボラは大きく栄えた町で、それはオリヴィアが記憶していたころよりもさらに豊かになっていた。

石畳が敷かれて道が整備され、清潔感があって活気のある商店が並ぶ。もともと大きい町ではあったが、数年でずいぶんと発展を遂げたようだ。

オリヴィアがデボラへ向かうことにしたのは、城で帳簿を調べたあとすぐのことだ。もちろん父であるアトワール公爵に許可を取る必要があるのでその日のうちにとはいかないが、サイラスがついていくと言い出したおかげか、思ったよりも早く許可が下りた。

往復三週間、滞在時間を含めるとそれ以上かかる女の旅である。それなりの護衛が必要だが、サイラスがついていくと言ったおかげで、サイラスが視察に出るときに使える兵士たちを使うことができたため、そのあたりの調整が楽になったからだ。

一応、婚約もしていない男女——しかも片方は王子——が、一緒に旅に出かけるのは外聞的によろしくない。そのため、王都を出発するときはそれぞれ別の馬車で出発して、途中で合流する方法を取った。

サイラスとオリヴィアは、町の様子を見たいために歩いて町長の家に向かった。ぞろぞろと兵士を連れ歩くわけにいかないため、町の中での護衛はサイラスの護衛官のコリンだけだ。侍女のテイラーはついていくと聞かないので、オリヴィアと一緒である。

四人で町長宅へ向かうと、町長はあたふたしながら出迎えた。事前にこちらを訪れることを伝えていなかったから慌てているのだろう。抜き打ちで状況確認がしたかったのでわざと訪問することを伝えていなかったのだが、混乱して玄関扉の角に頭を打ちつけた町長を見たときは、さすがに申し訳なくなった。

町長宅には長居はしなかったが、彼に怪しいところはなかった。ただひたすらに恐縮していただけだ。オリヴィアたちよりも先にこの町に向かったリッツバーグの報告通りだった。

サイラスとオリヴィアは町長宅を出ると、王家の別荘へ移動した。デボラから少し離れたところに、王家の別荘があるのである。王族がこのあたりに視察に来るときはいつもこの別荘を使うらしい。

別荘ではリッツバーグが待ち構えていた。

城の帳簿だけではわからなかったデボラの町に関する調査が、別荘のサロンの机の上に山積みになっている。

明日、リッツバーグは国境を越えてウィンバルへ向かうことになっていた。無理を言って短い間で調査を進めてもらったため、せめて出発まではゆっくりしてもらおうと、サイラスがリッツバーグに休むように伝える。

オリヴィアはリッツバーグが用意した資料を読み進めて、途中で手を止めた。

「……よく、ここまで集めましたね」

オリヴィアが目を瞠ると、サロンから出て行こうとしていたリッツバーグが振り返って微笑んだ。

「お役に立てて光栄です」

「でもここからが大変かもしれません。ウィンバルから証拠をあげるのは簡単ではないでしょうから」

「そうとも限りませんよ。証言だけなら取れてますからね。ただ、それよりも、もう一つの動きのほうが気がかりです」

「大丈夫です。そちらへはあらかじめ人を向かわせて調べさせています」

リッツバーグは目を見開いた。

「……すでにですか？　城を出るときは、あちらに関係があるとわかっていなかったのに？」

「消去法です。普通に考えたら、ブリオールやフィラルーシュで売却して利益を得ることはできないでしょう？　ならば、別のところが絡んでくるはず。比較的商品の流通の管理が緩くて商品を動かしやすい場所……考えれば、ある程度は絞り込めます」

「オリヴィア様は文官に向いているかもしれませんね」

感嘆したようにリッツバーグが言えば、サイラスが慌ててオリヴィアをかばう位置に立った。

「勝手なことを言うな」

「殿下が求婚中なのはわかっていますから、そんなに慌てないでください」

リッツバーグは苦笑して、それからサロンを出て行った。

☆

「陛下！　サイラス殿下がデボラへ向かったというのは本当でしょうか⁉」

レモーネ伯爵が血相を変えて国王の執務室へ飛び込んできたのは、サイラスが旅立って十日ほどが過ぎたころだった。すでにサイラスたちはデボラへ到着しているだろう。

ジュール国王のそばに控えていたアトワール公爵イザックは、「今さらか」と口の中でつぶやいた。十日前の情報を今頃入手しているようでは、レモーネ伯爵の能力はたかが知れている。

「しかもアトワール公爵令嬢も同じころにお出かけになったというではありませんか！　サイラス殿下と同じデボラの方角へ向かったと聞いていますよ！」

どういうことだと詰め寄られて、ジュール国王は顎を撫でながらイザックを振り向いた。

「どうと言われてもな」

「サイラス殿下と娘が一緒だと何か問題でも？」

「問題に決まっているではないですか！　殿下とアトワール公爵令嬢は未婚の男女ですよ！　婚約すらしていません！　だいたい、王太子殿下との婚約を破棄されてすぐに娘をサイラス殿下に取り入らせるなんて、恥ずかしいとは思わないのですか！」

「人聞きの悪いことを言わないでいただきたい。サイラス殿下は自らオリヴィアに求婚なさったではありませんか。知らないとは言わせませんよ。あの場にはあなたもいて、嬉々として我が娘を糾弾していたのですからね」

イザックは鼻で嗤って続ける。

「それに、今回サイラス殿下と娘が一緒だからなんだと言うのです？　サイラス殿下と娘は陛下の許可を得て向かっている。貴殿にとやかく言われることではないな」

「ですが、向かったのはデボラだと言うではないですか。あそこは――」

「何を勘違いしているのだろうか。息子が向かったのは王家の別荘だ。たまたまそれがデボラの近くにあるだけだろう。王族が王家の管理する別荘へ向かって何が悪い。サイラスはオリヴィアに夢中で、なんとかして彼女を振り向かせたいと必死なのだ。あまり邪魔はしてくれるな」

もうこの話は終わりだと、ジュール国王が手元の書類に目を落とすと、レモーネ伯爵は忌々しそうにイザックを睨みつけて、慇懃に一礼して去っていく。

レモーネ伯爵が出て行くと、ジュール国王は息を吐いた。

「うーん、これはもしかしなくとも、余計なことを言っただろうか」

「大丈夫です。私は私で、何か起こった場合には動けるように手は打っています」

「……邪魔はするなよ？」

「もちろんです。本当に危なくなったときだけですよ。ただ、こちらが用意している者たちが動いたときは、サイラス殿下はオリヴィアの婚約者としては不適合だと判断させていただきますが」

ジュール国王は目を丸くしたあとで、声を出して笑った。

「それは困るなあ！」

☆

ウィンバルの町の調査に向かったリッツバーグが持って帰った調査報告書を確認したオリヴィアは、息を吐いた。

「そろいましたね、証拠」

「できれば、勘違いであってほしかったのだが」

サイラスが重く息をついて、サロンのソファから立ち上がる。

扉の前で立っていたコリンを振り返って、鋭く命じた。

「予定通りに拘束しろ。僕たちは先に城へ戻る。……父上に報告し、判断を仰がなくてはならない」

「は！」

コリンが城から連れてきていた兵士たちに指示を出しに向かうのを見て、オリヴィアも立ち上がった。

「わたくしは、税務大臣と外務大臣あての報告書を作成します」

「頼む。僕は父上あての報告書を作ろう」

報告書ができたら、リッツバーグに一足先に王都へ向かってもらうことになっている。オリヴィアたちもそのあと急いで戻るが、護衛たちを引き連れて馬車で戻るよりも、リッツバーグが単身で動いたほうが早い。オリヴィアが戻る前に、国王たちの手に報告書が届いていることだろう。

「しかしよく考えたものだ」

「わたくしは逆に、よく今まで見つからなかったと思いました。きっとウィンバルの町を管理している領主様が、ぎりぎりまで国に報告を上げなかったのでしょうね。上げていれば、おそらくエドワール王太子殿下なら気がついたと思います。今回もある程度調べていらっしゃったようですから」

「そうなの？」

「はい。話したときの雰囲気でなんとなく。ある程度調べはついているけれど、フィラルーシュが動くよりもこちらを動かしたほうが速くて正確な情報が集まると見たのでしょう。フィラルーシュの王太子が他国の事情に首を突っ込むより、わたくしのほうが身軽に動けますからね」

「それだけを聞くと、エドワール王太子にうまく利用されただけのように聞こえるな」

「そうとも言いますが、こちらに益がないわけではないですよ。エドワール王太子がすべて調べ上げた場合、こちらも交渉しにくくなりますから。逆にこちらから『今回こういうことが判明したので、話し合いを』と持ちかけたほうが、まだこちらに降りかかる火の粉が少なくてすみます」

　オリヴィアが動こうとしなかったら、エドワール王太子はこちらを見限って自分で最後まで調査をしただろうと思う。ティアナはあのとき、オリヴィアに恥をかかせようとして呼びつけたのかもしれないが、ある意味彼女のおかげだった。オリヴィアの知らないところで話を終えられていた可能性があったからだ。聞けてよかった。

「だが、今回の件で兄上は……」

「そうですね」

アランがこの件を知ってどう動くか――、その反応ですべてが決まるだろう。

（たぶん、最悪なことにはならないと思うけど。アラン殿下って、我儘だけどそこまでバカでもないのよね）

たまに頓珍漢（とんちんかん）な行動を取るが、考えていることは一本筋が通っている部分もある。彼は次期国王となった場合のことを想定して動いているだけだ。オリヴィアの婚約破棄の一件も、単純に「バカ」を王妃にできないという焦りから決めたものだろうとも思う。その「バカ」を演じるように言ったことを忘れている時点で、やはり頓珍漢なのだが。

「サイラス殿下こそいいんですか？　たぶん、これで次期国王からは逃れられなくなりますよ」

王になりたくないサイラスが王位につくことになる。サイラスが笑顔で頷いた。

「言ったでしょう。もう覚悟は決めている。僕がなにより欲しいのは、君だよ」

そのためならなんだって我慢できるというサイラスに、オリヴィアの鼓動が跳ねる。最近こんなことばかりだ。サイラスのふとした一言に、心臓がうるさく騒ぎ出す。

（……わたしは）

サイラスはなりたくない国王にもなるという。オリヴィアのために。では、彼を巻き込んでしまったオリヴィアは、彼のために何ができるだろうか。

オリヴィアはどきどきと脈打つ胸の上を押さえて、目を伏せた。

報告書を持ってリッツバーグが旅立つとほぼ同時に、オリヴィアたちも王都へ向けて出立した。

護衛のための兵士は、来たときの半分ほどになっている。半分は、拘束した人間の監視のためにデボラの町に残していくからだ。

馬車は三台で、オリヴィアとサイラスの二人を乗せた馬車はその真ん中を走る。別の馬車にはオリヴィアの侍女のテイラーや、城から連れてきた使用人が乗っていて、馬車の前と後ろには騎乗した兵がいる。

サイラスの護衛官であるコリンは、サイラスたちの乗る馬車の御者台に座っていた。

行きは十日ほどかけたが、帰りは一日の移動距離を長めに取って、できるだけ早く帰る予定にしている。場合によっては一日か二日、車中泊をすることになるかもしれない。

馬車の中で、オリヴィアは窓の外を眺めながらぼんやりと考えに耽っていた。

考えることは、サイラスのことだ。

エドワール王太子にウィンバルの一件を聞いてからは、そちらばかりに気を取られて、サイラスからの求婚について考えるのを後回しにしていた。だが、それにほぼ答えが出た今、考えるのは求婚に対する答えをどうするかということだ。

いつまでもだらだら答えを先延ばしすることはできないだろう。

サイラスはいつまでも待つと言ってくれたが、王族をいつまでも待たせることはできない。ただ家のことだけを考えて答えを出せと言われたら、答えはすぐに出る。第二王子の求婚を断る理由はどこにもない。けれども、サイラスはその答えは望まない。彼が望む答えは、オリヴィア自身の気持ちだ。

オリヴィアは結婚と恋愛感情を切り離して生きてきたから、恋愛感情というものがよくわからない。テイラーは何も考えなくてもわかると言うが、何も考えなくて「わかる」とはどういうことだろうか。

サイラスのそばは居心地がいいと思う。優しいし、オリヴィアのことを尊重してくれて、困ったときは手を差し伸べてくれる。オリヴィアの意見を聞いてくれるし、愚者だと嗤いもしない。サイラスとオリヴィアの間には、きちんと「話し合い」が存在するのだ。アランのときにはできなかった、互いに話し合って意見を交換するということができる。

（……って、利点を並べている時点で、考えているのよね）

窓の外の風景がゆっくりと流れていく。春ももうじき終わるからだろうか、窓の外の日差しは強くて、遠くに見える山々の新緑がまぶしい。

城に帰って、この件を片付ければ、サイラスと頻繁に会うこともなくなるだろう。城での書類仕事もない。この一か月半、ずっとサイラスと一緒だったから、サイラスに気軽に会えなくなると考えると淋しいと思う自分がいた。アランに会えなくて淋しいと思ったことはなかったのに。

窓から視線を外して、対面座席を見ればサイラスが優しく微笑んでくれる。とくりと胸の奥が鳴って、オリヴィアは特に用事もないのに彼の名を呼んでみたくなった。

「サイラス殿下――」

だが、彼の名前を読んだ直後、がくんと大きく馬車が揺れた。馬のいななきが聞こえる。大きな揺れに座席から放り出されそうになったオリヴィアを、サイラスが抱き留めた。

「何があった⁉」

オリヴィアを抱きしめたサイラスが声を張り上げれば、御者台からコリンの緊迫した声が返ってきた。

「賊です！」

オリヴィアはサイラスの腕の中で硬直した。このあたりは治安もよく、しばらく盗賊などの被害報告は上がっていないはずである。

「殿下……」

「大丈夫だよ、オリヴィア。コリンもほかの兵士たちもいる。僕も人並み程度には剣が扱えるし、賊なんかには負けない」

サイラスがオリヴィアの背中を撫でる。

外から聞こえてくる叫び声や物音に、オリヴィアはきゅっとサイラスの服をつかんだ。

こんなに怖いと思ったのは、生まれてはじめてだ。

サイラスはオリヴィアのプラチナブロンドを梳くように撫でる。オリヴィアが少し落ち着いてくると、座席に座り直させて、彼自身は剣をつかんだ。

「ここにいて」

「殿下⁉」

「数が多そうだ。護衛の兵士の半分はデボラに残してきたから、僕も出たほうがいいだろう」

「でも！」

「大丈夫、無茶はしないよ。でも、念のため、オリヴィアは僕が外に出たらすぐに鍵をかけて、できるだけ馬車の扉には近づかないでほしい」

心臓がぎゅっと握り潰されたかのように苦しくなって、オリヴィアが反射的に手を伸ばしてサイラスの袖をつかむ。行かないで、という言葉が喉元まで出かかった。

「心配しないで」

サイラスはもう一度オリヴィアの頭を撫でて、次の瞬間、身を翻すようにして馬車の外へ飛び出していってしまう。

「殿下！」

「鍵！」

オリヴィアはきゅっと唇を噛んで、言われた通りに馬車の扉に鍵をかけた。

そのあと、馬車の中央で膝を抱えてうずくまる。

どくどくと心臓の音がうるさくて考えがまとまらない。

もし、サイラスに何かがあったらどうしよう。どのくらいの賊に取り囲まれているのだろうか。みんなは、テイラーは大丈夫だろうか。コリンも、ほかの兵士たちも無事だろうか。怪我をしていないだろうか。

（どうしよう——）

「サイラス殿下……」

オリヴィアは祈るように両手を組む。ぎゅっと目をつむれば、目尻に涙がにじんだ。

サイラスは大丈夫だろうか。怪我をしていないだろうか。いつ戻ってくるだろうか。

外から聞こえてくる怒号や悲鳴を聞きながら、オリヴィアの息が上がっていく。馬車に何かがぶつかったような音がして、がたがたと揺れた。びくりと肩を震わせると、直後に断末魔（だんまつま）のような悲鳴があがって、オリヴィア自身も悲鳴をあげる。

馬車から馬を切り離したのだろうか？　馬のいななきや足音は聞こえるのに、馬車が引きずられるようなことはない。

オリヴィアは耳を塞（ふさ）ごうとして、ぐっと我慢する。何も聞こえなくなって、その間にサイラスに何かがあったらと想像すると怖かった。それならば音が聞こえる恐怖と戦っていたほうがまだいい。

行かないでと、それればかりを考える。

行かないで、そばにいて。いなくならないで。戻ってきて。無事でいて——。

ただただサイラスの無事を祈り、白くなるほどに組んだ手を握りしめた。

どのくらいそうしていたのか。いつの間にか外から聞こえてくる音が小さくなって、しばらくしてコンコンと小さな物音がした。ハッとして顔を上げると、また、コンコンと聞こえる。

馬車の扉が叩かれているとわかって、オリヴィアは恐る恐る窓から外の様子を窺う。

馬車の窓からサイラスの笑顔が見えた。途端にオリヴィアの体から力が抜けて、腰が抜けそうになりながら扉の鍵を開ける。思わず抱きつきたくなったオリヴィアだったが、扉を開けてサイラスの姿を確認した直後、凍りついた。

「殿下！　血が……！」

「大丈夫だよ、見た目ほどひどい怪我じゃなくて、ちょっと剣がかすった程度だから」

「そう言いますけれど、化膿（かのう）したら大変ですって言っているじゃないですか。オリヴィア様、大変申し訳ございませんが、殿下の怪我の手当てをしてくださらないでしょうか？　言うことを全然聞いてくださらないのでほとほと困っているんです。こちらは外の後片付けをしますから」

サイラスの背後から姿を見せたコリンが肩をすくめて、オリヴィアの手に包帯と消毒液を押しつけた。そしてサイラスを馬車に押し込めると、外からぱたんと扉を閉ざす。

「全くコリンはおせっかいだな。大丈夫だって言っているのに」

サイラスはそう言うが、左腕は真っ赤に染まっていた。オリヴィアが震える手でサイラスのシャツを脱がそうとすると、それに気がついて、サイラスが自分で脱いでくれる。まず血を拭いて傷の具合を確認すると、そこそこ大きめの傷があった。確かに深くはなさそうだが、まだ血が止まっていない。オリヴィアは真っ青になるが、サイラスはのんびりした口調で言った。

「半分ほど逃げられたけど、捕縛した賊の移送手続きをしなくてはいけないし、興奮した馬を鎮めないといけないから、しばらくここで待機になると思うよ。近くの町に遣いを向かわせたけど、そこから迎えが来るまで少しかかるだろうし」

「サイラス様、止血しますから、黙ってください！」

オリヴィアが泣きそうな顔で睨むと、サイラスが気圧(けお)されたように口を閉ざす。

オリヴィアが慣れない手つきで消毒や止血をして、薬を塗って包帯を巻く。サイラスは黙ってされるがままになっていたが、オリヴィアが手当てを終えると、彼女の顔を覗(のぞ)き込んで申し訳なさそうに言った。

「ごめんね。怖かったでしょう？」

サイラスが右手でオリヴィアの頭を撫でる。

（どうして……、自分のほうが、大変なのに……）

こんな大怪我をして、痛いはずなのに、どうしてサイラスはオリヴィアの心配をするのだろうか。

サイラスはトランクから替えのシャツを出して袖を通そうとしたので、オリヴィアは彼の後ろに回ってそれを手伝う。サイラスのかわりにボタンを留めていると、「怪我はなかった？」と訊かれた。

「ありません」

オリヴィアが怪我をしているはずがない。馬車の中にいたのだから。サイラスが危険にさらされて怪我をしたときも、ただ馬車の中で震えていただけなのだから。

（信じられない……）

ただの公爵令嬢であるオリヴィアよりも、王子である自分の身を優先してほしい。それなのにオリヴィアを守るために自ら危険な場に突っ込んでいくなんて、信じられない。

オリヴィアは三つ目のボタンを留めたところで手を止めた。

目に涙が盛り上がってきて、視界がにじんで次のボタンが留められなくなる。

鼻の奥が痛いと感じたときには、盛り上がった涙がはらはらとこぼれ落ちていた。

「オリヴィア!?　どうしたの？　どこか痛いところがあるの!?」

突然オリヴィアが泣き出したからだろう。サイラスが狼狽えて、オリヴィアの腕や肩など、無事を確かめるように触れていく。

「信じ、られない……」

オリヴィアはしゃくり上げた。

怪我をしたのはサイラスなのに、どうして彼はオリヴィアの心配ができるのだろう。下手をしていたら命を落としていた可能性だってあるのに。

「殿下はバカです!!」

オリヴィアは何も考えられなくなって、叫ぶと同時にサイラスに抱きついた。

サイラスが体を硬直させたあとで、恐る恐るオリヴィアの背中に右腕を回す。

「ごめんね。怖かったね」

「違います!!」

全力で否定して、それからやっぱり怖かったのだろうかと考える。オリヴィアは怖かった。サイラスがこのままいなくなってしまうのではないかと、怖かったのだ。彼の怪我を見て、本当にその可能性があったのだと、ちょっとでも考えただけで泣きたくなった。恐ろしかった。サイラスがいないのは嫌だ。彼がいなくなるのではないかと考えるだけで、震えるほどに怖い。

――いいですかお嬢様。時には勢いのままに突き進むのも大切ですわよ。女は度胸です。くだらないことで悩んでいたら、欲しいものもどこかに消えてしまいます！

ふとテイラーの言葉が脳裏に蘇る。

ようやく、わかった気がした。わかってしまえば単純だった。頭で考えるのではない。すとんと心に落ちてくる。オリヴィアはただくだらないことを悩んでいただけだ。理由をつけなければ落ち着かなかった。でも、理由なんていらなかったのだ。

「殿下……、わたくし、殿下がいなくなるのは嫌です。ずっとそばにいてください」

行かないで。そばにいて。置いていかないで。いなくならないで。――それが、答えだ。

◆九　決着

オリヴィアとサイラスの乗った馬車が賊に襲われたらしい。

知らせを受けたアランは真っ青になった。

報告によれば、サイラスが怪我をしたそうだがオリヴィアは無事らしい。だがそれを聞いても安心はできなかった。気が動転したまま、報告しに来た事務官に詰め寄る。

「オリヴィアは無事なのか!?」

二言目にはそう言うアランに、事務官が弱り顔になる。事務官とて、それほど多くの情報を持っているわけではないのだ。

しつこく問い詰めてくるアランに、事務官はとうとう投げやりになって、

「アトワール公爵令嬢はご無事ですし、三日後にはこちらへ帰還される予定でございます！」

と言って逃げるようにアランの部屋から出て行った。

部屋に残されたアランは、猛獣が檻（おり）の中で歩き回るように部屋中を右往左往して、補佐官であるバックスに「少しは落ち着いてください」と注意される。

「オリヴィア様もサイラス殿下もご無事だそうなので、大丈夫ですよ」

「わかっている！」

いや、わかっていないだろう――とバックスは嘆息する。

これはとばっちりを受けそうだなとバックスが部屋から逃げ出そうと扉を開けると、ちょうどティアナがやってきたところだったらしい。バックスは一瞬ピキリと固まったあとで、恐る恐る肩越しに振り返った。

「……あー、殿下」

「なんだ！」

アランはイライラと怒鳴って、それからバックスの背後にティアナを見つけると眉を寄せた。

「あの、アラン殿下……、どうか、なさったんですか？」

ティアナはアランの様子に小さく怯えて、おずおずと訊ねた。

「いや、大丈夫だ。それよりも何か用かな？」

いつになく冷ややかな声で問われて、ティアナはぎくしゃくと首を横に振る。

「い、いえ……、なんでもございません」

「そうか。私は少し立て込んでいるんだ。申し訳ないがしばらく一人にしてほしい」

さっさと帰ってくれとばかりにあしらわれて、ティアナが愕然と目を見開く。が、これ以上アランの機嫌が悪くなるのを避けたいバックスが、強引にティアナを部屋の外へと押し出した。

「すみません。じきにお耳に入ると思われますが、オリヴィア様を乗せた馬車が賊に襲われたそうなのです。オリヴィア様たちはご無事ですが、それで殿下が少々取り乱されていて……、落ち着くまで、そっとしておいていただけるとありがたいです」

バックスが扉を閉めながら小声でティアナにそう告げる。

扉が閉まる音が聞こえると、アランが補佐官に鋭い視線を向けた。

「バックス、私はすることができた！」

「……すること、ですか？」

「そうだ。オリヴィアを襲った賊をこのままにはしておけない！」

バックスはアランの剣幕に驚いて、それからこっそりと息を吐き出した。

――もっと早くに気がつけばよかったですね、殿下、と。


一方そのころ、アランの部屋から追い出されたティアナは、城に用意されている部屋に戻ると、ソファの上のクッションをつかんで勢いよく壁に投げつけた。

「オリヴィア様はどこまでわたくしの邪魔をするの！　見てなさいよ……！」

☆

王都に戻ったオリヴィアは、着替える間もなく大広間へ行くように言われて目を白黒させた。

オリヴィアを左右から囲うようにして連れていこうとする兵士に、サイラスが厳しい顔で説明を求める。

行きと同じように、サイラスとオリヴィアは、王都手前で馬車を分けて、少し時間をずらして城へ戻ってきた。サイラスのほうが一足先に戻り、オリヴィアが戻る時間に合わせて城の玄関口へ向かったところで、オリヴィアが連行されそうになっていたのである。サイラスは驚いて問い詰めたが、問い詰められた兵士たちは困惑気味に「詳細は聞かされていないのです」と答えるのみだった。サイラスはせめて一緒に行くと言って、オリヴィアとともに大広間へ向かう。

オリヴィアが大広間に到着すると、そこにはジュール国王とバーバラ王妃、それからレモーネ伯爵をはじめとする大臣たち、アラン王太子にティアナ、そして父のイザックがいた。

まるで婚約破棄を宣言されたときのようだと思う。あのときと違うのは、隣にサイラスがいてくれることだろうか。それだけで安心感が全然違った。

サイラスはオリヴィアの手を握って、玉座のジュール国王を仰いだ。

「これはどういうことでしょうか、父上」

するとジュール国王はわざとらしく肩をすくめてみせた。

「ふむ。それについては私も詳しいことはまだ聞かされていないのだ。レモーネ伯爵令嬢が言うには、重大な外交問題だというのだがねえ」

ジュール国王がそう言ってティアナを見れば、ティアナの隣にいたアランも驚いたように彼女を見た。アランも知らされていなかったらしい。その目は「どういうことだ」とティアナを問い詰めるような剣呑な光を宿している。

少し見ない間に、アランの雰囲気が変わっているような気がして、オリヴィアは不思議に思った。以前よりも精悍さが増したというか――、表情がすっと引きしまっている。

ティアナはジュール国王とアランの視線を受けて、勝ち誇ったような笑みを浮かべた。

サイラスが苛立ちを隠さず、ティアナを責める。

「レモーネ伯爵令嬢、オリヴィアが帰ってきた途端に連行するとはどんな緊急事態なのだろうか。彼女は疲れている。着替える暇もなく連れてきたのだから、それ相応の理由があるんだろうね」

サイラスの氷のように冷たい声にも、ティアナは深い笑みを返す。

「もちろんですわ。先日のエドワード王太子がおっしゃったことについて、わたくし、ずっと考えていたんですの。覚えていらっしゃいます？　国境付近の町の税収の話ですわ」

オリヴィアは思わずサイラスと顔を見合せた。

オリヴィアもその調査をするためにデボラへ向かっていたのだ。その調査で判明した内容は、ティアナが笑顔で話せるようなものではないはずである。いったいどういうことだろう。

オリヴィアは国王を見上げた。国王にはすでに報告書が提出されている。それなのに、ジュール国王はいつもの何を企んでいるのかわからないような笑みを浮かべて黙っていた。隣では、バーバラ王妃も薄い微笑で見守っている。おそらく王妃にも情報が渡っていて、それで沈黙を選択しているのだろうから、この夫婦はよく似ていると思う。

「何かわかったのかな?」

ひとまず話を聞くことにしたらしい。サイラスが続きを促した。

ティアナは途端勢いづいて、わずかに身を乗り出した。

「ええ! あのときわたくしは、不思議に思っていたのです! サイラス殿下も覚えていらっしゃいますでしょう? あのときオリヴィア様は突然フィラルーシュの言葉を使われました。どうしてでしょうか。それは、わたくしたちに聞かれたくない話だったからです! そう、オリヴィア様こそがフィラルーシュの国境付近の町の税を横領していた犯人だからですわ! 都合が悪くなったから内緒話のようにフィラルーシュの言葉を使って、エドワール王太子に言い訳なさっていたのです!」

興奮しているのだろう。妙に芝居がかった大げさな様子で、身振り手振りを交えてティアナがまくしたてる。

オリヴィアの隣で、サイラスが微笑を浮かべた。だが、サイラスのサファイアのような瞳は、真冬の凍りついた空のような色をしていた。オリヴィアは彼が怒っていることを理解して、そっと目を逸らす。サイラスが怒るのをはじめて見た。オリヴィアが怒られているわけではないとわかっているのだが、ひんやりとした空気をまとった彼はちょっと怖い。

ティアナの隣のアランも、すうっと目を細めた。だが、彼が視線を向けたのはティアナではなく、大臣たちが立っているあたりだった。その視線はレモーネ伯爵を捉えている。

国王夫妻は相変わらず笑顔のままで、大臣たちは逆に困惑していた。

ティアナの強引すぎる推理に、オリヴィアはどうしたものかと頭を抱える。ティアナの相手をするのは骨が折れそうだ。現に、オリヴィアが頭を悩ませている間に、サイラスとティアナはこんなやり取りをしている。

「言わせていただくが、僕もフィラルーシュの言葉を理解できる。あのときオリヴィアとエドワール王太子が交わしていた会話に、そのような不審な点はなかったな」

「まあ！　サイラス様はオリヴィア様をかばわれるのですか！」

「かばっているのではなく、事実を述べている」

「まあ……、サイラス様はオリヴィア様に求婚なさっているのですから、かばわれても仕方ありませんわね」

……二人の会話は恐ろしく嚙み合っていない。

サイラスの苛立ち具合を見ると、どこかで止めに入らないとそのうち爆発しそうだ。だが、この強引な推理を正そうとすれば、はじめからすべて話す必要が出てくる。まだジュール国王とも話を煮詰めていない段階で、この場ですべてを語っても問題ないのだろうか。この件はいろいろ厄介なのだ。

オリヴィアが判断を仰ぐようにジュール国王を見ると、王は鷹揚に頷いた。

「オリヴィア、そなたの意見を聞きたいな」

オリヴィアは嘆息したくなった。

（ここで全部語れってこと……？）

オリヴィアはそっとアランに視線を移す。この場ですべてを語った場合、一番とばっちりを受けるのはアランだ。

（できれば陛下と話を煮詰めたあとで、被害を最小限に抑えたかったんだけど……）

だが、この場で誤魔化して去れば、オリヴィアはあらぬ疑いをかけられたままになるだろう。

それに――。

オリヴィアはレモーネ伯爵を横目でこっそりと見やる。

（逃げられる可能性を潰したいってことなのかしら？）

ティアナの希望通りにこの場を設けた国王は、相手を完膚なきまでに潰す気だ。

オリヴィアは諦めて、ジュール国王の作戦に加担することにした。

「まず、レモーネ伯爵令嬢のおっしゃった、他国の税を横領したという件ですが、身に覚えのないことなので否定させていただきます」

「なんですって！　厚顔も甚だしいですわよ！」

ティアナに厚顔と言われたくない。オリヴィアが息をつくと、国王が口を挟んだ。

「レモーネ伯爵令嬢。少し静かにしてくれないだろうか？　私はオリヴィアに話を聞いていてね」

国王が穏やかに、けれども有無を言わさずティアナを黙らせてくれたので、オリヴィアは続けた。

「説明するには、順を追ったほうがよさそうですね。まず、エドワール王太子殿下とわたくしの間で交わした会話についてご説明いたします」

オリヴィアはフィラルーシュ国の税収が激減した町がウィンバルであること、その国境を挟んだこちらの町がデボラであることを告げる。そして、その原因解明の調査について、エドワール王太子の許しを得てオリヴィアが引き受けたことを報告した。

すると、黙れと言われていたティアナが目をつり上げた。

「デボラですって⁉　そこはお父様の管理している土地ではありませんか！　勝手に調べたんですの？　許せませんわ‼」

「レモーネ伯爵令嬢」

国王の声が鋭くなる。ぐっと黙ったティアナが助けを求めるようにアランを見たが、アランの視線はオリヴィアただ一人に注がれていた。ティアナの頬がぷうっとリスのように膨らむ。

　続けるように促されて、オリヴィアは口を開いた。

「調査を開始するにあたり、まずわたくしたちはウィンバルの町と国境を挟むデボラの町の税収、人口推移、天候、水質の変化、産業の変化、害虫などの被害などについて過去十年分の資料を確認いたしました。ですが、そのどれにも大きな変化はございませんでした。税収についても、大きな変化は見られず、不審な点はなかったと思います」

「当然ですわ！」

「……だから、わたくしは不思議に思いました」

「なんですって？」

「それはどういうことかな、オリヴィア？」

　ティアナを無視して国王が訊ねる。資料を渡していたはずだが、ここでは事前に知らなかったふりを決め込むらしい。

「わたくしは、税収とレモーネ伯爵家のここ数年の資産推移が一致していないことを不思議に思いました。レモーネ伯爵家はここ数年で、いくつもの別荘を買い、令嬢や夫人のドレスや宝飾品も派手になられているようです。伯爵家と取引のある商店などにも確認を入れましたが、高価な絵画や家具、壺や置物など、レモーネ伯爵が購入した金額は、支払っている税収から逆算した収入よりもはるかに大きなものです。蓄えがあったとしても、少々考えにくい金額が動いています。そこから考えるに、領地の税収について誤魔化しがあるか、もしくは国に報告を上げていないほかの収入源があるかどちらかであろうと推測しました」

「無礼な！」

太い怒鳴り声が聞こえたと思えば、レモーネ伯爵が顔を真っ赤にして怒っていた。今にもこちらにやってきて摑みかかりそうなレモーネ伯爵の様子に、国王がすっと手を上げる。兵士が三人、レモーネ伯爵を拘束した。

「お父様!?」

「すまないがオリヴィアが話し終わるまでそのままでいてもらう。なに、心配しなくても、そなたに罪がなければ解放するのだから、問題ないだろう？」

レモーネ伯爵がぐっと奥歯を嚙む。

ティアナはキッとオリヴィアを睨みつけた。

「当然ですわ！　お父様に罪などございません！　オリヴィア様、あとで覚えていらっしゃい！　あなたの罪が判明したときは、ただではすみませんわよ！」

「……ティアナ、黙れ」

とうとう隣のアランが口を挟んだ。黙れと言われてティアナの目が大きく見開かれる。だが、アランはティアナには視線を向けず、オリヴィアを見つめたまま言った。

「話の腰を折って悪かった。続けてくれ」

オリヴィアは頷いた。

「ウィンバルとデボラの気候や水質などに大きな変化はございません。それなのにウィンバルだけ税収が落ちて、デボラは一定、そしてレモーネ伯爵の支出は国に報告される収入以上のものであることから考えて、わたくしはウィンバルとデボラ——レモーネ伯爵との間に何かつながりがあるのではないかと思いました。もちろん杞憂であれば問題ございません。ですが、その推測が確かである場合……」

「国際問題だな」

「はい。そのため、わたくしたちはデボラへ向かい、ウィンバルとデボラ周辺の調査を行いました。その結果、デボラの町には国に報告がなされていない別の収入源があることが判明しました」

「そうなのか、レモーネ」

「い、言いがかりでございます！」

レモーネ伯爵が唾を飛ばしながら叫ぶ。話が理解できなくなったのか、ティアナはきょとんとした顔をしていた。

ジュール国王が顔を上げると、王の補佐官が紙の束を持ってやってくる。それは、オリヴィアが事前に渡していた資料だった。ここでそれを持ってこさせるあたり、ジュール国王も芝居がかっていると思う。サイラスが誰にも聞こえないようにこっそりとため息をついたのがわかった。

（サイラスが陛下を化け狐って言う気持ちがちょっとわかったかもしれないわ……）

苦笑がこぼれそうになるのを誤魔化しながら、オリヴィアは続ける。芝居をするのならば、乗ってあげなくてはならないだろう。

「そちらは調査の報告書の一部になります」

「一部？」

「はい、報告書には続きがあります」

サイラスを見上げると、彼は振り返って護衛官のコリンにリッツバーグを呼ぶように伝えた。

しばらくしてやってきたリッツバーグの手には、分厚い紙の束がある。リッツバーグはそれを宰相であるイザックへ手渡した。イザックがジュール国王に渡す。

「報告書に記載させていただきました通り、デボラの町から少し離れた一帯に、金の加工工場がございました。加工工場と言っても、一見するとただの民家にしか見えませんが、間違いはございません」

「ほう……」

「けれどもデボラの町を含むレモーネ伯爵の領地内で、金鉱山を発見したという報告は上がっておりませんし、わたくしが調べても、それらしいものはございませんでした」

「ふむ、それは妙な話だな」

報告書第一弾をイザックに手渡した国王が、第二弾に視線を落として、ぐっと眉を寄せた。そうだろう。一番問題になるのは、第二弾の報告書だ。

取り繕ったような笑みを浮かべていたジュール国王の顔から笑みが抜け落ち、レモーネ伯爵へ鋭い視線が向けられる。だが、声はあげずに、黙ってオリヴィアの話の続きを待った。

「金の加工をしているということはどこかしら金の出所があるということです。そこで今度は、エドワール王太子殿下がおっしゃった、ウィンバルの町を調べました」

そのあたりは報告書第一弾に載せていたから、ジュール国王が焦れたように椅子の肘置きを指先で叩く。報告書第二弾に視線を落としたまま、早く続けろと催促しているのだ。

「ウィンバルの町にほど近い山で、金の産出が確認されました。国境はまたいでおりませんので、産出される金はフィラルーシュ国のものです。ですがあちらの国には新たに金鉱山が見つかったという報告はされておらず、ウィンバルの町一帯を管理している領主も知らなかったようです。金を掘る作業はウィンバルの町で極秘に行われており、産出した金はすべてデボラの町の金の加工工場へ運び込まれていたからでしょう。調査に向かわせた人間が、ウィンバルの町で金を掘る仕事をしていた男に聞いた話によれば、数年前から見知らぬ男に金を掘る仕事を持ちかけられたとのことでした。金を掘れば農業を営んでいたころよりも三倍近くの収入が手に入ると言われたそうです」

「金の密輸か」

「はい。それがウィンバルの税収が減った原因になります。採掘した金をウィンバルで売ることは農夫たちにはできません。領地で採れたものは領主の持ち物になります。そして、フィラルーシュの法律では国内で採られた金は、その収入の五割が国の取り分となります。そのため、農夫たちが農業をやめて金の採掘の仕事をしたところで、彼へ支払われる収入は農業を営んでいたときとさほど違いはないでしょう。収入が変わらないのであれば危険を冒して山を掘るよりも農業を続けていたほうがいいと思われます。けれども、掘った金をデボラで買い取ってもらった場合は事情が異なります。農夫たちがこれまで農業で得ていた額の三倍の収入が手に入るばかりか、それは無税扱い。領主に納める必要もありません。そのため農夫たちは自分たちの食い扶持に困らないだけの畑仕事しかしなくなり、あいた時間に金鉱山で金を掘った。それが、ウィンバルの税収が減った原因になります」

ようやく報告書第一弾の内容の説明が終わり、国王がやや身を乗り出した。

「ここまでは理解した。だが、加工した金はどこへ消えたのだ？　我が国も金や金鉱山の管理は徹底している。報告にない金の加工製品が出回れば気がつくのではないか？」

ジュール国王が言えば、レモーネ伯爵が顔を上げた。ぎらぎらとした目がちょっと怖い。

「その通りです！　アトワール公爵令嬢の言い分はすべて言いがかり！　陛下！　拘束を解いてくださいませ！　私は何も知りません！　アトワール公爵令嬢は、王太子殿下を私の娘に奪われた腹いせにこのような虚偽報告をしているのです！」

「なんですって!?　アラン殿下聞きました？　オリヴィア様ったら――」

それまで話についていけずに目を瞬かせていたティアナが、攻撃の隙を見つけたとばかりに口を開く。

アランは疲れたように肩を落とした。

「……君は、何もわかっていないんだね」

アランは決してティアナを見ようとはしない。

オリヴィアはゆっくりとレモーネ伯爵を振り返った。血走った目が怖かったが、サイラスがぎゅっと手を握りしめてくれるから、話が続けられる。

「レバノールです」

オリヴィアがその一言を口にした瞬間、レモーネ伯爵の顔が驚愕に引きつった。

オリヴィアはジュール国王に視線を戻した。

「レモーネ伯爵は、レバノール国に金の密輸を持ちかけていました」

レバノール国は、ブリオールとフィラルーシュの北にある国だ。

「陛下がおっしゃったように、ブリオール国内に登録のない金の加工製品が出回っていることはございませんでした。金の産出とその加工場が見つかったのに、作られたものが国内に存在しないとなれば、考えられるのは国外への輸出です。そして輸出先として可能性が高いのは北のレバノール国でした。かの国に金鉱山はなく、国内に存在する金製品はすべて輸入のもので、国が登録を行って管理をしているわけでもございません。税関さえ潜り抜けてしまえば、金の密輸も容易でしょう。レバノール国の商人とレモーネ伯爵家のものが金の売買についてやり取りをしていることも裏が取れています。買いあさった壺に金製品を入れて、壺を売買するふりをしてやり取りをしていたのでしょう？　レバノールの商人が買い取った金をどのように管理していたかについては、レバノール国内で調べることになるでしょうから、この場では詳しいことは申しませんが」

「その口ぶりでは、ある程度調べはついているようだな」

「はい。ですがこれは、陛下がレバノールとこの件を話し合うときの取引材料になさればよろしいかと。なるべく穏便に話を進めていただけることを、ブリオールの民として切に望みます」

「わかった。詳しいことはまたあとで聞こう」

国王は頷いて、鋭い視線をレモーネ伯爵へ向けた。

「レモーネ、言い分はあるか？」

唸るような国王の声に、レモーネはこれ以上の言い逃れはできないと判断したらしい。がっくりとうなだれる。

「レモーネを連れて――」

「お待ちください、父上」

それまで口を挟まなかったアランが、制止の声をあげた。

レモーネ伯爵をかばう気なのだろうかと思ったが、彼の表情は険しい。

「レモーネ伯爵には、もう一つ罪がございます。私が報告するまで、彼を退出させないでください」

ひゅっとレモーネ伯爵が息を呑んで、ティアナが愕然と目を見開いた。

「アラン殿下、何を――」

「ティアナ、さっきも言ったけれど黙ってくれ。あまりうるさいと、君も拘束させるよ」

アランはサイラスの左腕を見て、そして、オリヴィアに視線を移した。

「帰るときに馬車が襲われたそうだね。オリヴィア、君が無事でよかった。……レモーネ、私はあなたを、王族殺害未遂の件で断罪する」


誰もが息を呑む中で、バーバラ王妃ただ一人が面白そうに目を瞬かせて、ひらりと扇を開いた。

アランはジュール国王を見上げる。

「サイラスとオリヴィアが乗った馬車が賊に襲われたと報告を受けましたが、彼らの乗った馬車が襲われたのは、エディンソン男爵の領地とレモーネ伯爵の領地のちょうど境目あたりだと聞きました。エディンソン男爵はお年を召されて引退していますが、かつて将軍を務めた方で、領地内もよく統治されている。現に男爵が引退して生活を領地へ移してからというもの、周辺を騒がせていた賊は一掃されたと聞きます。そのエディンソン男爵の領地付近に賊が現れるとはどうにも考えられません」

「うむ。確かにな」

「ですから、私は、エディンソン男爵と連絡を取り、一部が逃れたという賊の追跡を依頼しました。男爵も自身の領地に賊が出たと聞いて汚名を返上したいと、すぐに自領の兵士を賊の捕縛へ向かわせてくれました」

アランがまさかそのような行動を取っていたとは知らず、オリヴィアは目を見開いた。

それはジュール国王も同じだったようで、静かに聞いているような顔をしているが、その灰色の瞳には驚きの色が隠せていない。

「賊は山に逃れていたようですが、山を生活圏にしていた人間ではなかったからでしょうね。すぐに捕縛されました。エディンソン男爵が聴取した結果、賊と言いながら、彼らは雇われた人間で、それなりに訓練を受けたものたちでした。時間が足りなくて詳しい報告は後日となりますが、エディンソン男爵がよこしてくれた早馬によれば、賊はレモーネ伯爵家の人間に雇われたと申していたとのことでした」

「……どういうことだ」

低い声はイザックのものだった。イザックは娘を心配して、サイラスにばれないようにひそかに護衛を差し向けていたが、賊に対する調査は行っていなかった。鋭い視線がレモーネに突き刺さる。

レモーネ伯爵は真っ青な顔でわなわなと震えていた。

「し、知りません！」

「誤魔化したところで、詳しい報告は直に上がる」

アランが冷たく言い放つ。

レモーネ伯爵はアランに縋るような視線を向けた。

「殿下！　殿下は娘と婚約関係にございます！　その殿下が、どうして私を糾弾なさるのですか！」

「……国にとっての害となるものをかばうことなどできぬ」

アランはふうと息を吐き出して、レモーネ伯爵を拘束している兵士たちに視線を向けた。

「もういい。連れていけ。地下牢でいいだろう」

「殿下!!」

「最終的な判断は父上が下すだろう。だが、私がそなたをかばうことはない。そなたは地下牢で自分がしたことを反省しているといい」

連行されるレモーネ伯爵を見て、ティアナが茫然とした顔で立ち尽くす。何がどうなっているのか理解が及ばないようで、ただアランやジュール国王を見やっている。

ジュール国王はこめかみをもみながら、ふうと息を吐き出した。

「ということだ、レモーネ伯爵令嬢。申し訳ないが、そなたと王太子の婚約はのちほど解消となる。そなたも自宅に帰すことはできなくなったから、城で与えている部屋に戻って、沙汰があるまで謹慎していなさい」

ティアナがミルクチョコレートのような茶色の瞳を見開いた。

「どうしてですか！　どうしてお父様が連行されますの！　どうしてわたくしとアラン殿下の婚約が解消されますの!?　オリヴィア様！　すべてあなたのせいですわね！　逆恨みも甚だしいですわよ！」

まくしたてたティアナに、ジュール国王をはじめ、大臣たちが唖然とした。

アランが父親と同じようにこめかみをもむ。

「ティアナ、君はまだわからないのか。それとも、とぼけているだけなのかな？」

「どういうことですの！」

「わかりやすく言えば、君の家と王家を縁続きにすることはできないということだ。君とは結婚できない」

ティアナがひゅっと喉を鳴らして、それからオリヴィアを鋭く睨みつけた。

その苛烈な怒りに、オリヴィアがぎくりと体を強張らせると、サイラスがオリヴィアの手を握っていた手に力をこめる。サイラスはこの部屋に入ってからずっと手を握っていてくれた。

オリヴィアはサイラスのぬくもりにホッと息をつく。

「殿下はわたくしが王妃にふさわしいから婚約なさってくださったのでしょう⁉　それなのに、まさかそこのオリヴィア様と再び婚約なさるつもりですか⁉　オリヴィア様のような教養もない愚かな方を王妃になどしたら、国が滅びますわよ‼」

ティアナの高い声が大広間に響き渡る。

それを聞いてため息をついたのは、誰だっただろうか。

黙って傍聴していた大臣たちの一人が、苛立ちを隠さず口を開く。

「陛下、発言をお許しいただいても？」

「許そう」

国王が答えると、大臣の一人がすっと前に歩み出た。彼は確か税務大臣で、今回のデボラの調査で帳簿を貸してくれた人だ。

「レモーネ伯爵令嬢、この場で申し上げたくはございませんでしたが、これ以上は聞くに堪えません。あなたは勘違いなさっているようですが、オリヴィア様――アトワール公爵令嬢は、あなたの言うような無知な方ではございませんよ」

「ど、どういうことですの……？」

「あなたにもわかるようにご説明しますと……、そうですね、わたくしどもがオリヴィア様とあなたに頼んでいた書類の話をいたしましょうか。オリヴィア様はそれらの書類を、非の打ちどころのないほど的確に処理してくださいました」

「わたくしも処理いたしましたわ！　サインをして返したではございませんか！」

「なるほど。確かにあなたは書類にサインしてくださったようですね。ですがわたくしどもが頼んだのは、書類にただただ名前を書いてくださいということではございません。そのような五歳児にでもできることをわざわざ頼みますか？　あなたのなさったことは、ただ書類をすべて『可』として自分の名前をサインしてつき返しただけです」

その話を聞いてオリヴィアは唖然とした。それは大臣たちが大変だっただろう。ティアナがすべて『可』で返した書類の不備申請の書類を作り、国王の承認を経て、再度書類を作り直すという非常に手間な仕事が発生したのだから。しかも書類すべてにその作業を行わなければならなかったと考えると、大臣の怒りもわかる。

だが、ティアナはまだわからないらしい。

「それの何が悪いんですの？」

その一言に、室内にいた人間の大半がため息を落とした。

「まだわからないのですか。ではたとえ話をいたしましょう。例えばここに金貨十枚がございます。この予算で必要なものを買いそろえないといけないことにいたしましょう。購入しなければならないものの総額は、それぞれから要望が出たものを計算したところ、金貨二十枚分ほどございました。けれども、手元には金貨十枚しかございません。あなたならどういたしますか？」

「足りない金貨十枚を用意すればいいでしょう？　お父様ならすぐに用意してくださいますわ！」

（……あながち不正解とまでは言えないけど、それはどうしても削れなかった場合の最終手段よね……、普通は……）

足りないから予算を増やすのは最終手段。例えば天災やなど予測外のことで予算が必要になった場合に、無理やり捻出するもので、普通はその手段は取らない。どこかの予算を増やせば別のところを削減しなければならないのだ。簡単に予算の変動はできない。

大臣は眉を寄せる。

「あなたはそうかもしれませんね。足りなければ父上に頼んでいればよかった。けれども国はそうはいかないのです。予算が足りなくても、足りない予算の中で調整しなくてはいけません。例えば購入しなければならないものの中で優先順位を決めて、優先度の高いものから購入し、残りは次年度に回すか、諦めるか……、わたくしが頼んだ書類はそういった類の書類です。おわかりいただけましたか？」

「わかりませんわ！」

「そう、だからあなたは王太子殿下の妃にはふさわしくないのです」

ティアナはかっと顔を染めた。まだ何か言いつのろうとしたけれど、これ以上聞くに堪えないとジュール国王が兵士に連れ出すように命じる。

「どういうことですか！　殿下っ！　何かおっしゃってください！　わたくしのことを素晴らしいとおっしゃってくださったではございませんか！　殿下!!」

ティアナの声が響き渡るが、アランは固く目を閉ざしてその声には反応しなかった。ティアナをかばうだけの材料がないからなのか、そもそもかばう気がないからなのかはわからない。だが、アランはひどく疲れた顔をしていて、頼むから早く連れ出してくれと思っているのは明白だった。

ティアナがいなくなると、国王はわざと明るい声を出した。

「慌ただしくしてすまなかったな。この件に関しては、日を改めて議論の場を設ける。我が国のことだけではすまないからな。おのおのこれから忙しくなると思うが、オリヴィアも言った通り、私もできるだけ穏便にすませたい。協力してほしい」

「「は！」」

大臣たちが一礼して部屋から出て行く。三国にまたがった不正の摘発だ。それぞれの国の言い分もあるだろう。考えるだけで頭が痛い。大臣たちとともに退出しようとしているイザックの顔色が悪い。きっと、これからどのように調整するか考えているのだろう。

オリヴィアとサイラスも大臣たちのあとに続こうとしたら、国王に呼び止められた。

「オリヴィア、そしてアランにサイラス、そなたたちはもう少し残ってほしい。もちろん王妃もだ」

それまでただ黙って成り行きを見つめていた王妃は、扇の下で薄く笑った。

☆

アランはオリヴィアの手元を見て、ゆっくりと目を閉じた。

大広間に入ってきてから今まで、オリヴィアの手はサイラスの手と、指を絡めるようにしてしっかりとつながれている。

（……私は、バカだった）

何もかもが遅すぎたのだろう。いや、最初に間違えてしまったからだろうか。

胸の中に広がるのはどうしようもない痛みと――そして諦めだった。

今までなんでも思い通りにしてきたアランが、はじめて感じた、諦めだ。

☆

大臣たちが全員大広間から出て行くと、ジュール国王の視線はまずアランに向かった。

アランはぐっと顔を上げ、静かに国王の視線を受け止めると、疲れたように微笑んだ。

「父上、いえ、陛下。正式な手順はあとから取りますが先にお伝えしておきます。私はこのたびのこととの責任を取り、王位継承権を放棄いたします。オリヴィアとの婚約破棄を含め、すべて私の落ち度です。危うく王家にふさわしくないものを取り込むところでした。陛下並びに妃殿下、申し訳ございませんでした。そしてオリヴィアいや、アトワール公爵令嬢、迷惑をかけてすまなかった」

オリヴィアは目を丸くした。あのアランが謝った。いつも自分がすべて正しいと思っているような男だった、あのアランがである。

大広間に入ったとき、彼がどこか変わったように感じたのは、気のせいではなかったのかもしれない。

ジュール国王は、ふむと頷いて隣のバーバラ王妃のほうを向く。

王妃は艶然と微笑んだまま、夫の視線を受け止めた。

「わたくしは王位継承権の放棄は認めないわ」

「母上――」

「今回のあなたは、巻き込まれただけよ。あなたが非を詫びる必要はない。覚えておきなさい。上に立つものはそう簡単に頭を下げてはいけないの」

王妃は微笑んだまま、サイラスとオリヴィアに視線を向ける。正確には、つながれた二人の手を。

「サイラスは王位には興味がないのでしょう？　アランが王位継承権を放棄してしまったら、

いったい次の国王は誰になるのかしら？　陛下の従弟（いとこ）の子供でも連れてくるおつもり？」

「バーバラ、その件ならば、サイラスは王になってもいいと――」

ジュール国王に名前で呼ばれた妻は、頬に手を当てて首を傾げた。

「あら、そうなの？　どうして？」

訊ねられたサイラスが身を硬くしたのがわかった。オリヴィアの手をぎゅうっと握りしめる。

「あなた、どうして王になる決心がついたの？　昔わたくしが訊ねたときには、王になどなりたくないと言っていたじゃない。どうして？」

バーバラ王妃に訊ねられたサイラスは口を開きかけて、再び一文字に引き結ぶ。

バーバラ王妃は嘆息した。

「サイラス、あなた今でも王になりたいわけじゃないんでしょう？　そこのオリヴィアが欲しくて、陛下にうまく乗せられただけだわ。ひどいことをするのね、陛下」

バーバラ王妃は国王に非難するような一瞥を投げた。

それから強張っているサイラスの顔を見て、はあとため息を吐く。

「わたくしは別に意地悪で言っているつもりはないのよ？　もちろん、あなたが嫌いなわけでもないいの。どうして自分の息子を嫌わないといけないの。それだけは勘違いしないでちょうだい。ただ、あなたは子供のころから王位に興味がなくて、アランにはあった。それだけのことよ。向き不向きだけで言えば、あなたのほうが王には向いているかもしれないわ。昔から我儘を言うような子ではなかったし、表情を取り繕うことも得意だから、陛下があなたを次の国王にしたいと思うのもわからないではないの。でもあなたは望まなかった。わたくしは息子の意思を無視してまで玉座に縛りつけるつもりはないわ。あなた一人しかいなかったなら話は違うかもしれないけれど、あなたには兄がいて、その兄であるアランは王になることを望んでいる。アランも王の資質がないわけではない。ちょっと感情的になるところはあるけれど、きちんとした補佐をつければそのくらいの不足はいくらでも補える。だからわたくしは次の王にアランを推すの。アランの王になりたい気持ちも、そのために何をしなければならないのかと考えて動いているこの子の努力も本物だわ。今回は多少から回ってしまったみたいだけれど」

確かにバーバラ王妃の言う通り、アランは王になる努力をしているだろう。不器用だから見ていてハラハラすることもあったが、彼が努力していたのはオリヴィアも知っている。無知だと気に入らなかったオリヴィアに対しても、婚約していたときは婚約者として尊重し、丁寧に扱ってくれていた。多くの教師をつけられても、陰で遊ぶ暇がないと愚痴を言うことはあっても、勉強は真面目にしていたように思う。

オリヴィアには、バーバラ王妃の言い分は理解できるような気がした。致命的な欠陥があれば別だが、多少のことならば不足を補う補佐をつければなんとでもなる。そのための妃だ。ブリオールの王妃候補が学ぶべきことは、他国と比べても多いという。政治的なこともかなり学ばされる。それはすべて、王を支えるためだ。そのために学ぶ。だから王妃は、アランの不足を補える相手を妃にし、二人で国を治めればいいと言う。道理は通っている。

「もちろん、アランが責任を取りたいと言うのならば止めないわ。でも王位継承権の放棄はやめなさい。せめて王太子の身分を返上して、ただの第一王子に戻るくらいにとどめておきなさいな。そうしなければ、あとも困るの」

ジュール国王の子供はアランとサイラスの二人だけだ。アランが王位継承権を放棄すれば、ジュール国王の子供で王位継承権を持つものはサイラスただ一人になる。これまでアランを王にしようと従ってきた臣下がすべてサイラスにつけばいいが、そうとも限らない。アランが王位継承権を返上したことで、王位継承権を持つほかの人間に味方すれば、新たな火種ができる。アランのことも守りたいのだろうが、バーバラ王妃の一番の懸念はそこだろう。

バーバラ王妃はそれだけ告げると、あとは男たちで話し合いなさいとばかりに席を立った。

だが、退出しようとした王妃は、言い忘れていたことを思い出したと振り返る。

「そうそうサイラス。あなた、自分の母親が鬼か何かだと思っているのかしら？ 陰で狸(たぬき)って呼んでいるのは知っているけれど、さしずめわたくしは化け狸ってところなのかしらね。失礼しちゃうわ。わたくしは別に、あなたとオリヴィアの邪魔はしないわよ。オリヴィアが欲しかったのは本当だけれど、彼女があなたを選ぶのならばそれを奪い取ろうなんてしないわ。だから、わたくしがオリヴィアと会おうとするたびにあの手この手で邪魔をするのはやめてちょうだい。オリヴィアがあなたとアランのどちらを選んでも、わたくしの義理の娘になるのよ」

この王妃の義理の娘になるのは少し怖い気がするなと思ったことは黙っておいたほうがいいだろう。オリヴィアの隣で、サイラスがしゅんと肩を落とす。

「……すみません」

「今度お茶会を開くからオリヴィアと一緒にいらっしゃい」

「それは……ぅ、はい」

バーバラは満足そうに頷くと、扉に手をかけて笑った。

「ということですから陛下、賭けはまだ続行ですわね」

間に合うといいですわねぇ——、と最後によくわからないつぶやきを残して、バーバラ王妃は去っていく。

何が「間に合う」のだろうかと首を傾げるオリヴィアの視界に、どこか子供のような拗ねた顔で「むう」と唸っている国王が映った。

◆エピローグ

アランは王妃の言う通り王位継承権は放棄せず、王太子の地位だけを返上することになった。

正式な手続きには時間がかかるため、公式には発表されていないが、横領と密輸の一件が片付いたあとで発表があるそうだ。時期については確かにその一件を片付けたあとのほうがいいだろう。交渉する二国に、下手な弱みは見せないほうがいい。

そして、王太子の位はしばらく空席にしておくそうだ。その結果、これからアランとサイラスでその地位を争うことになるらしい。

もちろん、王太子の地位から転がり落ちたアランがもう一度その地位を得るには、並々ならぬ努力が必要になるだろうが、最近のアランの様子を見ていると、それは不可能ではないように思える。もともと不真面目ではなかったのだが、より一層真面目に仕事に取り組み、自分でまだ不足だと判断した部分については教師をつけて学び直しているという。

バーバラ王妃によれば、サイラスも少し変わったそうだ。今までさほど興味を示さなかった国政に関する勉強をやり直しているらしい。王妃は満足そうに「あの子の中であの子なりの変化があったのかもしれないわね。あなたのおかげなのかしら?」と笑っていた。

(王太子が決まるのは、まだ先になるのかしらね)

そのため、ジュール国王とバーバラ王妃の賭けは続行中だと言う。いったい何を賭けているのか知らないが、相変わらず王妃はアラン、国王はサイラスで、どちらが王になるかと盛り上がっているそうだ。

ティアナはアランとの婚約を解消されて、レモーネ伯爵家は取り潰しとなった。残された扱いの厄介な領地は、アトワール公爵家に預けられることになって、父のイザックは面倒ごとを押しつけられたと渋い顔をしていた。

フィラルーシュの金を不正に密輸していた分については、レモーネ伯爵家から押収した財産でフィラルーシュ国に賠償するそうだ。レモーネ伯爵家から押収した額で足りなかった分については国がいったん肩代わりし、元レモーネ伯爵家の人間は過酷な重労働につきながら国に返済することになる。王族の殺害未遂の件で元レモーネ伯爵の扱いをどうするかもめたそうだが、処刑するよりも働かせて金を返させたほうがいいと国王が判断したらしい。かなりの重労働だというから、それは温情なのかどうか判断できないところだ。

そして、オリヴィアは——。

「結局またいただいてしまったけれど、いいのかしら?」

追い出された王太子の婚約者の部屋——もともと、オリヴィアに与えられていた部屋で、彼女は広い室内に視線を這わせて困惑気味に頬に手を当てた。

オリヴィアが出て行ったあと、ティアナが使っていたこの部屋には、二日前まで彼女の私物が多数存在していたが、今はがらんとしていた。

家具はジュール国王が新しく手配してくれているが、まだ届いていない。

この部屋はこんなに広かったかしらと、何もない部屋を見渡していると、カーテンを外そうとしていたテイラーが満足そうに頷いた。

「当然です。ここはもともとオリヴィア様のために用意されていた部屋なのですから！」

ティアナの私物の中で唯一残っていた派手なローズピンクのカーテンが撤去されていく。オリヴィアの希望でオリーブグリーンの落ち着いた色合いのカーテンがつけられると、それだけで部屋の印象ががらりと変わった。ようやく自分の部屋だと実感が持てる。

オリヴィアとサイラスの婚約が進められているが、今回の騒動でばたばたするため、アランが王太子ではなくなる件と合わせて、少し落ち着いてから発表することになるそうだ。

ジュール国王とバーバラ王妃が話し合って、今まで王太子に回されていた仕事は、アランとサイラスで分担することになる。オリヴィアは、これは単に王と王妃が自分たちに仕事を回されるのが嫌だったからに違いないなと踏んでいる。

「書類仕事のために、ライティングデスクは少し大きいものが欲しいわね」

「……オリヴィア様、まだ頼まれてもいないのに、その口ぶりですと殿下たちの仕事を手伝う気でいますね？」

「二人より三人でやったほうが早く終わるでしょ？」

「そういう問題なんですか？」

本音を言えば、書類を手伝うからまた図書館の禁書区域に出入りさせてくれないかなぁと思っているが、それは内緒だ。

テイラーがあきれたように嘆息して、撤去したローズピンクのカーテンを丁寧に畳んだ。

「そう言えば、王妃教育を受けられると聞きましたけど……、お嬢様には必要ないでしょうに」

「そんなことはないわよ。ワットール様から学ぶことはたくさんあるわ」

オリヴィアが将来王妃になるかどうかは、サイラスが王になるかならないかによって決まることではあるが、オリヴィアは改めて王妃教育を受けることにした。オリヴィア自身にも学びたい気持ちがあったからではあるが、半分はサイラスのためだ。

オリヴィアはこれまで、王妃教育を受けていない愚者だと言われ続けてきた。定着した印象というのはそう簡単には変わらない。そのため、見える努力が必要なのだ。王妃教育を受けるのは一番手っ取り早く、なおかつオリヴィアにとっても負担が少ない。もしオリヴィアが王妃になることが決定したときに、王妃が愚者だと思われては国政にかかわる。サイラスが困らないよう、オリヴィアには王妃の資質があると周囲に思わせないといけない。

アランのときは、彼が命令したことだから自分は知らない、と知らんぷりを決め込んできた。意地になっていた部分があったのだろう。だが、あの行動は王太子の婚約者としてふさわしくはなかったと反省している。本当ならば、アランと話し合って、オリヴィアは将来の王妃として周囲から見下されない行動を取らなければならなかったのだ。ある意味、アランの言う通りオリヴィアは愚者だった。アランにも申し訳ないことをしたと思っている。

（……こうして冷静に振り返れるようになったのは、アラン殿下のおかげなのかしらね）

大広間での一件から数日して、アランが一人でオリヴィアに会いに来たのだ。彼は深く頭を下げて、改めてこれまでのオリヴィアへの態度について謝罪してくれた。あのときは驚いたものだ。

そして自嘲気味に笑って、こうも言った。

――見ていてくれ。私だって今から変わることだってできるんだ。いつか君に、見直したと、そう言わせてみせるよ。

オリヴィアは、その日はそう遠くないと思っている。

アランは矜持が高くて我を押し通そうとするところがあったが、王妃の言う通り愚かな人間ではないのだ。彼が国を滅ぼしかねないような愚者であれば、ジュール国王もバーバラ王妃も、アランを王太子にはしなかっただろう。だから、本人が変わる気になっているのであれば、これから化けるのではないかと思っている。……サイラスもうかうかしていられないだろう。

「オリヴィア、ここにいたの？」

何もない部屋の真ん中で、ぼんやりしていたオリヴィアは振り返った。

先ほどまで教育官から法律について学んでいたサイラスが笑顔で立っていた。かなりの量を学び直していると聞いたが、彼の顔に疲労感はない。むしろどこか楽しそうだ。

「今から一時間ばかり休憩なんだ。図書館へ行かない？」

サイラスはそう言って、禁書区域の金の鍵をちらつかせる。

オリヴィアは二つ返事で同意した。

テイラーに一時間ほどで戻ると告げて、サイラスと手をつないで図書館へと向かう。

禁書区域に入ると、オリヴィアはスキップするような足取りで本棚へ近づいて、本を二冊抜き取る。サイラスとともに読書スペースへ向かうと、窓から薔薇園が見えた。

サイラスが向かい側ではなくオリヴィアの隣に腰を下ろす。

さっそく本を開こうとしたオリヴィアは、サイラスの手によって動作を遮られて、口を尖らせて顔を上げた。

「――っ」

その瞬間、ちゅっとかすめるような口づけが落ちて、目を見開く。

「君は本に集中すると、全然相手をしてくれなくなるから」

「だ、だからって……、不意打ちはひどいですっ」

キスされたと自覚するとともに真っ赤に染まったオリヴィアの顔に、サイラスは満足そうに微笑む。

「不意打ちでないと逃げるじゃないか」

「う……」

オリヴィアはまだこういった触れ合いに慣れておらず、サイラスにキスしたいと言われるだけで真っ赤になって逃げ腰になってしまうのだ。

それがわかっているから、サイラスは突然、なんの前触れもなく、彼女の隙を狙って不意打ちのキスを仕掛けてくる。心臓に悪いからやめてほしいと訴えてもやめてくれず、オリヴィアはこれに慣れるしかないのかと肩を落とすしかない。

（……こんなことをされたら、本に集中できないのにっ）

ドキドキと心臓がうるさく鼓動を打ちはじめて、本を開いても全然中身が頭に入ってこない。

恨めしそうにサイラスを見やれば、彼はおかしそうに笑った。

「そうか、最初にキスすれば、君は本より僕のことを考えてくれるようになるんだね」

「か、からかわないでください！」

「からかっているんじゃなくて喜んでいるんだけど」

サイラスが笑いながらオリヴィアの頬をつんつんとつつく。

オリヴィアは「もう！」と拗ねるふりをして赤くなった顔を隠すように窓のほうを向き、国王夫妻が仲良く散歩をしているのを見つけて目を丸くする。窓に映ったオリヴィアの表情に気がついたのか、サイラスが苦笑した。

「あの二人、仲が悪いわけじゃないんだよ」

「そうなんですか？」

　オリヴィアはてっきり、国王夫妻の仲は険悪なのかと思っていた。だからわけのわからない賭けをしているのだと。でも仲が悪いわけではないなら、賭けなどしていないで話し合えばいいのに。

（というか、賭けの勝者に与えられるものってなんなのかしら……？）

　王と王妃であれば、欲しいものはたいてい手に入れることができるだろう。賭けをしてまで欲しいものはなんなのだろうか。不思議に思っていると、サイラスがオリヴィアの心を読んだように答えた。

「子供だよ」

「……え？」

「あの二人は、子供をかけて、僕と兄上で賭けをしているんだ」

「ど、どういうことですか？」

「簡単に言えば、父上はもう一人子供――娘が欲しい。母上は子育ては疲れるから三人目は欲しくない。結果、僕たちを使って賭けをして、勝ったほうの言うことを聞くことにしたらしい。兄上が王太子になった時点で賭けは終わりのはずだったんだけど、母上の勝利宣言に父上がごねて、まだずるずる続けているんだ。……母上ももう年だから、さすがにもう子供は諦めていると思うけど」

年と言うが、王妃は確かまだ四十だった気がする。頑張れば産めないことはないだろうし、あの国王は策略家と言うか粘着質と言うか——アランのように、とにかく自分の我を通そうとするところがあるので、おそらく完全には諦めていないと思われる。

オリヴィアはどっと疲れが押し寄せてきたような気がした。玉座を使って大仰な賭けをしているからどんなにすごいものを賭けているのかと思えば、子供。それこそ賭けなどしないで話し合いで解決すればいいだろう。

「オリヴィア、馬鹿馬鹿しいと思っているかもしれないけど、これから一番被害を被ることになるのは、おそらく君と僕だよ」

「どうしてですか？」

「だって、母上が子供を産んでくれないとわかったら、父上が今度言い出しそうなことって——」

「ま、まさか……」

「孫。……父上、何がなんでも女の子が欲しいんだって。可愛いからって」

オリヴィアは頭を抱えた。国王に「孫はまだかー！」と追い回される未来が見える。そんな恐ろしい未来はご免こうむりたい。

「まあ、しばらくは賭けで盛り上がっていると思うから、大丈夫だとは思うけどね」

大丈夫も何もサイラスとオリヴィアは結婚前だ。結婚前から「孫！」と追い回されても困る。

こうなればできるだけ長くこの賭けを続けていてほしい。

オリヴィアが自分への被害が最小限に抑えられる方法を考えていると、サイラスが手を伸ばして頬に触れてきた。

「余計なことを考えてるでしょ。どうせ考えるなら僕のことを考えてほしいな」

拗ねたような口調が可愛くて思わず笑ってしまえば、彼はますます不貞腐れる。

「あんまり笑うと、またキスするよ」

サイラスがそう言って脅すから、オリヴィアは一転しておろおろするしかない。

オリヴィアが逃げ出す前に腕の中に閉じ込めたサイラスは、彼女の頬にチュッとキスをして、真っ赤になった彼女に満足そうに頷いた。

「君に触れていると落ち着くから、休憩が終わるまでこうしていようよ」

オリヴィアは恥ずかしくて死にそうなので解放してほしいが、サイラスの腕は緩まない。

あーとかうーとか言っている間に休憩時間は終わって、迎えに来た護衛官のコリンがあきれたような顔をした。

「殿下、ほどほどにしないと、オリヴィア様が茹だってしまいますよ」

「おや、本当だ。真っ赤だね」

楽しそうに笑わないでほしい。

オリヴィアが潤んだ目で睨みつけると、サイラスが彼女を解放して、手を差し出した。

「オリヴィア、残念だけど休憩は終わりみたいだ。帰ろう」

サイラスは満足そうだったが、結局本を一ページも読めなかったオリヴィアはここに何をしに来たのかわからなくなって、唇を尖らせる。

「おや。キスの催促？」

「違いますっ」

慌てて片手で口元を押さえると、サイラスが声をあげて笑う。

全くもう――と図書館を出たオリヴィアが口を押さえたまま見上げれば、青々とした空がどこまでも広がっていた。

ブリオール国はもうじき、夏になる。

書き下ろし
番外編①

サイラスの頓珍漢な計画

それは、オリヴィアがアトワール公爵家の自室で読書を楽しんでいたときのことだった。

一昨日、国王の前でレモーネ伯爵が捕らえられて、城内はばたばたしている。宰相である父イザックも忙しそうで、オリヴィアは邪魔にならないように二日前から自宅にこもって静かに本を読んで過ごしていた。

「お嬢様、サイラス殿下にお手紙でも書かれてはいかがですか？」

侍女のテイラーが昨日、あきれ顔でそんなことを言っていたが、どうしてサイラスに手紙を書く必要があるのかがわからない。

用もないのに手紙なんて書く必要はないだろう、と答えると、テイラーはあからさまなため息をついたが、いったいどうしてテイラーがそんな残念な子を見るような目を向けてくるのかがオリヴィアにはわからなかった。

そして今日。

昨日に引き続き本を読んで過ごしていたオリヴィアのもとに、妙なプレゼントが届いたのだ。

贈り主はサイラスだった。

部屋に運ばれた大きな箱はやけに重く、オリヴィア一人では持ち上げられないほどである。

「何かしら、これ」

オリヴィアはテーブルの上に置いた箱のリボンをほどいて蓋を開け、中を覗き込んで目を丸くした。

「まあ、本だわ」

箱の中にはびっしりと本が詰まっていた。だが、妙なことに、それらの本はいつもオリヴィアが読んでいるような装丁の美しい本ではなく、ぺらぺらした薄い紙の表紙がついているだけの、なんとも簡素な見た目をしたものだった。

テイラーも箱の中を覗き込んだが、よくわからないとばかりに首をひねっている。数人がかりで箱を運んできてくれたメイドたちが、オリヴィアが取り出した本を見て華やいだ声をあげた。

「まあ！　それは『ポピーの庭』ですわ」

「ポピーの庭？」

確かに、表紙には『ポピーの庭』という題名が書かれている。メイドたちはオリヴィアの手元にある箱を覗き込んで、楽しそうに言った。

『慟哭のブルーローズ』もありますわね。まあ、『情熱』と『永遠の約束』も！」

「今はやりのものばかりですわ！」

メイドたちによると、これらの本は大衆小説と呼ばれているもので、装丁を簡素にして制作費を抑え、低価格で販売されている娯楽本らしい。これらの大衆小説は平民向けの書店で売られているため、公爵令嬢であるオリヴィアや、男爵令嬢のテイラーは見たことがなかったのだ。

オリヴィアは訝しんだ。サイラスは、どうしてオリヴィアに大衆小説を贈ったのだろう。

首をひねるオリヴィアの横で、テイラーが本をぱらぱらめくりながら、「なるほど」と頷いた。

「何がなるほどなの、テイラー？」

「いえ、わたくしの口からはなんとも。ともかく、お嬢様、せっかくの殿下からの贈り物です。今日はこちらをお読みになるのがよろしいのではないでしょうか？」

テイラーがにっこりと微笑む。

もちろんオリヴィアは小説だって読むし、せっかくサイラスが贈ってくれたのだから、目を通すつもりではいる。だが、やはり解せない。

（この本、そんなに面白いのかしら？）

オリヴィアはメイドがおすすめだという『ポピーの庭』を手に取りつつ、またしても首をひねった。


三十分後。オリヴィアは真っ赤になっていた。

本を持つ手がぷるぷると震えている。それは怒りのせいではなく、恐ろしいまでの動揺のせいだ。

（な、なんなのこれは――――！）

本を持ったままあわあわと室内に視線を彷徨わせるが、部屋の中には誰もいない。テイラーもオリヴィアの読書の邪魔をしてはいけないと控室に下がっている。部屋の中に誰もいないことにほっとしつつ、しーんとした静寂になぜだかいたたまれないような気持ちになってくる。すべては手元にある本のせいだった。

オリヴィアはちらりと本に視線を落とし、またすぐに顔を上げて、おろおろしはじめた。

オリヴィアが開いているページにはちょうど主人公たちのキスシーンが書かれていた。それも、かなり細かい描写でディープに書かれている。恋愛小説といえば古典小説くらいしか読んだことがないオリヴィアには、とんでもない刺激だった。古典小説の恋愛要素のあるシーンは、比喩でぼやかして書かれている。こんなに生々しい描写ははじめてだ。

オリヴィアはごくりと唾を飲んで、そろそろと視線を本へと戻す。意を決して数行読んで、やっぱり無理だと本を閉じ、テーブルの上に置いた。そして両手で顔を覆ってぱたりとソファの上に倒れる。

サイラスはどうしてこんな本を贈ってきたのだろうか。王族であるサイラスが大衆小説に詳しいとは思えない。きっと誰かに言づけて、言づけられた人間が手違いでこのようなものを贈ってきたに違いない。だが、せっかく贈ってくれたものを、読まずに放置しておくのは申し訳なさすぎる。けれども恥ずかしすぎてこれ以上読める気がしない。いったいどうしたらいいのだろう。

オリヴィアは指の間からテーブルの上に置いた本を見て、涙目になった。

「これ、読まないとだめ……？」

無類の本好きのオリヴィアは、生まれて初めて、本を読むことを躊躇した。

☆

「あれで少しはオリヴィアの恋愛偏差値も上がるだろうか」

サイラスが満足そうな顔でそうつぶやくのを聞いて、扉の前に立っていた護衛官コリンはあきれ顔になった。だがサイラスはそれには気がつかず目の前に積まれている大衆小説を一つ一つ手に取っては、その表紙を眺めている。これらはすべて、サイラスが城で働くメイドに頼んで買ってこさせた庶民向けの恋愛小説である。ここにあるものと同じものをオリヴィアの家に送りつけたのが昨日のことだった。

にこにこしているサイラスを見て、コリンはこっそりとため息をつく。

サイラスがなぜ大衆小説――それも恋愛小説――を集めさせて、オリヴィアに送りつけるという不可思議な行動を取ったか。

それを語るには、サイラスを懊悩させている問題について説明する必要がある。

正直言って、サイラスを思い悩ませている問題はコリンにとって至極どうでもよくてくだらないことなのだが、最近初恋を実らせたばかりの二十歳のこの青年にとっては死活問題と言わんばかりの大問題だったらしい。

そう――、サイラスは悩んでいた。

オリヴィアの、壊滅的な鈍感さに、だ。

サイラス曰く、オリヴィアは恋愛偏差値が絶望的に低いらしい。

容姿端麗、頭脳明晰、性格もいいとおよそ欠点の見当たらないオリヴィアであるが、彼女は驚くほど恋愛下手なのだそうだ。

その鈍さに至っては筆舌に尽くしがたし、とサイラスは言うが、いくらなんでも言いすぎだろうとコリンは思う。

サイラスの言い分では、とにかく鈍いオリヴィアは、彼女との距離を詰めたいサイラスのさりげないアピールをことごとくスルーするそうだ。仕方がないのでストレートに攻めてみれば真っ赤になって狼狽えるので、手をつなぐ以上のことができず、およそ亀の歩みのほうが速いのではないかと思いたくなるほど二人の関係は進展しないらしい。

見た目はどこか中性的でそういう欲求とは無縁そうに見えるサイラスも、中身は健全な二十歳の青年である。せめてもう少し、と言いたくなる気持ちは、まあコリンにもわかる。

けれども、だからといって、やり方というものがあるはずだ。

(どうしてこう、明後日の方向に……)

オリヴィアの恋愛偏差値が壊滅的だと言うが、コリンからすればサイラスもどうかと思う。

なぜなら、オリヴィアとの関係を進展させたいサイラスが選んだ方法が、この、彼の目の前に積まれている大衆向けの恋愛小説だからである。

どうすればオリヴィアとのおままごと恋愛から脱却できるかについて考えていたサイラスは、偶然、城のメイドたちが立ち話をしているところに出くわした。

そのとき彼女たちが話題にしていたのが、最近はやりの恋愛小説についてだ。

侍女と違い、メイドとして働いている彼女たちは、ほとんどが一般階級——つまり、平民だ。そのため、彼女たちが手にする本のほとんどは、大衆向けの娯楽小説である。

サイラスはきゃっきゃうふふと恋愛小説について語る彼女たちの話を盗み聞きして、これは使えると思ったらしい。

あの奥手なオリヴィアに、大人の恋愛のなんたるかを学ばせるにはもってこいだ、と。

サイラスがこんなことをひらめいた時点でコリンが気がついていたら、「ちょっと待て！」と止めただろう。オリヴィアがいくら本好きで頭がいいからといって、娯楽小説で読んだ知識をそのまま吸収して実践するとは思えない。むしろ唐突に妙なものを送りつけてきたサイラスを訝しむのがおちだ。やめておけ。そう言っただろう。だが、思い立ったら吉日とばかりに、「オリヴィア」に飢えたサイラスはメイドたちを捕まえて本を買ってこさせた。そして、すぐさまアトワール公爵家へ送りつけてしまったのである。

（嬉しそうな顔をして……うまくいくとは思えないけどな）

サイラスはそもそも失念している。

オリヴィアは子供のときからアランと婚約していたのだ。アランとオリヴィアの間には恋愛感情はなかっただろうが、婚約期間中、アランは一応、オリヴィアを婚約者として丁重に扱っていた。夜会にもそれなりに出席していたし、式典などにともに出席するときもあった。中身はどうあれ、アランのエスコートに、あげつらうような欠点もない。そのため、オリヴィアはそれなりには男性慣れしているはずなのである。なのに恋愛要素が絡んだ途端に狼狽えるというのであれば、それは知識がないのではなくオリヴィアの性格に由来することだ。本を読んだくらいで変わるはずがない。

サイラスがオリヴィアとの距離を詰めたいのであれば、嫌われない程度に強引に詰めるしかないだろう。オリヴィアを変えようとしても無理なのだ。

はたから見ているコリンでさえ気がつくのに、どうしてサイラスは気がつかないのだろうか。なんだかんだ言って、二十年品行方正な王子様をやってきたサイラスも、彼の言うところの恋愛偏差値が低いのである。自覚はないようだが。

（つまるところ殿下は、どこまでならオリヴィア様が許してくれるのか、その境界線がわからないんだろうなぁ）

好きだ好きだとアピールするのは簡単だっただろう。なぜならオリヴィアの意識を自分に向けさせる必要があったのだから、後先考えずドストレートに好意を伝えればそれでよかった。

けれどもそこから先は、オリヴィアがどういう反応を返すのかが不安で、強引に距離を詰めることができないのだ。……ふ、こういうところは、まだ青い。

（ま、これもある意味勉強だろう。しばらく様子を見ておくか）

サイラスの頓珍漢な行動に巻き込まれるオリヴィアには同情するが、コリンはあきれつつも様子見に徹することにした。

「お嬢様、何をしていらっしゃるんですか？」

奇しくも同時刻、コリンと同じく、テイラーもあきれ顔になっていた。

普段は鷹揚に構えているオリヴィアが、両手で顔を覆ってベッドの上でごろごろと転がっているのだから、それはあきれるだろう。

午後のティータイム用の紅茶とお菓子を乗せたワゴンを部屋の前に置いて、テイラーはベッドに近づいてオリヴィアの顔を覗き込んだ。指の隙間から見えるオリヴィアの顔は、真っ赤である。

テイラーはふと、誰もいないソファに視線を向けた。正確には、ソファの前のローテーブルの上だ。そこには数冊の本が積み上げられている。サイラスから贈られた大衆小説の一部だ。

どうやらオリヴィアは、もらったのだから一度は目を通さなくてはならないと、一生懸命読み進めていたらしい。

（……なるほど）

オリヴィアが真っ赤になってごろごろしている理由がわかって、テイラーは嘆息した。

これらの恋愛小説が贈られてきたとき、テイラーはサイラスの意図にすぐに気がついた。簡単なことだ。五歳児で止まっているオリヴィアの恋愛観に変化をもたらそうとしたのだろう。本を読んだところでオリヴィアが変わるとは思っていなかったが、サイラスの意図くらいには気がつくだろうと、テイラーはオリヴィアがこれらの本を読むのを止めなかった。むしろ読むべきだとすすめてみた。結果がこれである。

（そんなに刺激が強かったのかしら？）

気になったテイラーはベッドの上のオリヴィアをそのままにして、ソファの前にティーセットを用意するついでに一番上にあった本を手に取った。

ソファに座って、ぱらぱらとページをめくっていく。

（あら、意外と面白いわ）

大衆向けの娯楽小説だけあって、文章が難解でないのですらすら読める。

（これを読んで赤くなるなんて、お嬢様は本当に色恋沙汰が苦手ね）

テイラーが本を読んでいると、赤い顔をしたオリヴィアがベッドから降りて、そろそろとこちらに近づいてきた。

「テイラー、それを読んで平気なの……？」

テイラーが平然と本を読み進めているのが不思議だったらしい。

テイラーに言わせれば、むしろどうしてこれを読んで真っ赤になるのかを教えてほしかったが、そんなことを言えば赤い顔がさらに赤くなるだろう。

テイラーはふと気になって顔を上げた。

「お嬢様、サイラス殿下とはどこまで進んでいらっしゃるんですか？」

「え!?」

オリヴィアは悲鳴のような声を上げた。ちらちらとテイラーが開いている本を見て、おろおろと狼狽えている。駄目だこれは、とテイラーは思った。

「お嬢様、まさかとは思いますが、キスもまだですか？」

真っ赤な顔のオリヴィアが、こくん、と小さく頷く。

テイラーは本を閉じて、真顔になった。

「お嬢様、今時、十歳の子供でもキスくらいしますよ」

オリヴィアはショックを受けたように目を見開いて固まってしまった。

☆

サイラスの頓珍漢な目論見は、およそ見当違いの結果を生んだと言えるだろう。

さすがのコリンも、このような結果になるとは思いもしなかった。頓珍漢なことが明後日の方向に転がっていくと、変な化学反応を起こすらしい。覚えておこう。

コリンはそんなことを考えながら、目の前で追いかけっこを続けているサイラスとオリヴィアを白い目で見た。コリンの隣で、オリヴィアの侍女であるテイラーもこめかみをもんでいる。頭痛がするのだろう。その気持ちは大いにわかる。

ここはサイラスの部屋である。

サイラスがオリヴィアに本を贈った二日後。さすがに二日あれば、オリヴィアの読書スピードなら少なくとも数冊は読み終わっているはずだと、サイラスは適当な理由をつけて彼女を城に呼びつけた。少しはオリヴィアに変化が現れていると思ったらしい。もっと言えは、本の中でいちゃいちゃしている恋人たちに触発されて、サイラスに会いたくなっているのではないかと、都合のいい期待までしていたようだ。

そして、テイラーを伴って城にやって来たオリヴィアを見たサイラスは、ここで大いなる誤算に気がつくことになったのである。

と、いうのも。

（まさか、本の中の恋人同士を自分たちに当てはめて恥ずかしくなったオリヴィア様が、逆に

殿下と距離を取ろうとするとは、……俺でも思わない）

そう。サイラスの部屋にやって来たオリヴィアは、なぜかサイラスと人一人分の距離をあけて座り、サイラスが距離を詰めようとすると慌てて逃げ出した。サイラスはサイラスで、オリヴィアに避けられることにショックを覚えて追いかけるので、あれよあれよという間に、部屋の中で追いかけっこがはじまってしまったのである。

「……放っておいていいのか？」

見ないようにしているのか、わざと何もない壁へ視線を向けているテイラーに問えば、ため息交じりに彼女はこう言った。

「そのうちお嬢様の体力が尽きるので、放っておいてかまいません」

部屋の中で走り回るのは行儀が悪いからと、なんとも中途半端な良識が邪魔をして、二人は早歩きで部屋の中をぐるぐると回っている。逃げるオリヴィアに追いかけるサイラスの図である。徒競走かよと突っ込みたい。だがなるほど、普段これほど速く歩くことのないオリヴィアの体力はテイラーの言う通り限界に来ているようだ。オリヴィアの息が上がっている。

「どうして逃げるんだ」

「殿下が追いかけるからですっ」

「オリヴィアが逃げるから追いかけるんだよ」

サイラスもサイラスである。最初は慌てて追いかけたものの、きっと途中から追いかけるのが面白くなったに違いない。にこにこ笑いながら、顔を真っ赤にしているオリヴィアを追いかけている。

「君も苦労するな」

「お互い様ではないでしょうか」

テイラーが微苦笑を浮かべて、壁からオリヴィアへと視線を移す。

コリンも二人を見れば、ちょうどオリヴィアがサイラスの腕に捕らえられたところだった。

可哀そうに、耳まで赤くなっている。

「見ているのが馬鹿馬鹿しくなってくるな」

「そうですね。……わたくし、散歩にでも行ってきます」

「俺もつきあおう」

完全に二人の世界を作り出しているサイラスたちは、しばらくあのままだろう。

頓珍漢からはじまって明後日の方向に着地したサイラスの計画は、一応、落ち着くところに落ち着いたのではなかろうか。

オリヴィアを腕に抱きしめて、幸せそうに微笑んでいるサイラスを見て、コリンはやれやれと肩を落とした。

書き下ろし
番外編②

アランの後悔

オリヴィアが城に来ていると聞いたアランは、彼女に会うために図書館へ向かっていた。

元婚約者のオリヴィアは図書館が好きだ。婚約していたときは、学ぶこともせずにまた遊んでいるのかと、足しげく図書館へ通うオリヴィアを苦々しく思っていた。オリヴィアはとにかく遊んでばかりで王太子の婚約者であるという自覚に欠ける。アランはずっと、そう思っていたのだ。それがすべて勘違いだったとわかったのは、つい最近のことである。

レモーネ伯爵の犯罪が明るみに出て、アランとティアナの婚約も白紙になった。アランはもうじき、王太子からただの王子に戻る。――婚約者だったオリヴィアときちんと向き合っていたならばと、思わない日はない。

オリヴィアの賢さを羨み妬んで、怒りに任せて彼女に愚者のふりをしろと告げた。そのくせそのことをころっと忘れて、オリヴィアを無学で不真面目だと蔑んできたのだから、目も当てられない。

オリヴィアはアランと婚約していたこの十一年、どんな気持ちだったのだろうか。

ずっと屈辱を味わわされて、さらに不当な理由で婚約破棄を突きつけられ、オリヴィアは何を思っただろう。

はあ、と息を吐き出して足を止める。

目の前には、大きな図書館があった。

重厚な扉を開けると、図書館特有の香りが漂ってくる。紙のにおいなのか、本棚に使われている木のにおいなのかわからないが、どうしてだろう、この香りをかぐと、「オリヴィアの香りだ」と感じる自分がいた。別にオリヴィアから図書館に漂う香りがするわけではないのにおかしなものだ。オリヴィアはいつもほのかに甘い、花の香りがする。紙なのか木なのかわからないこの独特な香りとは似ても似つかないというのに。

呼吸するのもはばかられるような静謐な空気に、強く張った弦をはじくような緊張を覚えるのは、この中にオリヴィアがいるからだろうか。

サイラスはこの時間は授業中だから、おそらくオリヴィアはここに一人でいるはずだ。

広い図書館の中を横切るように進んでいくと、窓際の机で静かに本を読むオリヴィアの姿を見つけた。

まるで絹糸のようなプラチナブロンドが、窓から差し込む光を受けてキラキラと輝いている。ほっそりとした顎のライン。陶器のように白くつるりとした肌。伏せられた、けぶるように長いまつげに、大粒のエメラルドを思わせる瞳。ずっと見ていられる均整の取れた美しい顔。

細く長い指が、手元の分厚い本のページをゆっくりとめくっている。

オリヴィアを愚者だと勘違いしていたとき、婚約者であるオリヴィアの無学を苦々しく思いながらも、彼女をエスコートするのは好きだった。

隣で静かに微笑むオリヴィアは本当に美しくて、彼女が自分のものだという優越感が、そこにはあった。

(結局私が見ていたのは、オリヴィアの『外』だけだ)

何も見ようとはしなかった。向き合おうともしなかった。だからオリヴィアはアランから離れたのだ。婚約破棄を突きつけたあの日、泣くことすらしてくれなかった。

もし、やり直せるならば――。

アランはオリヴィアの横顔に、幼い彼女の面影を重ね合わせながら目を閉じた。

☆

オリヴィア・アトワールという少女を知ったのは、まだ彼女との婚約話が出る前のことだった。

当時はまだ宰相ではなかったが、要職についていたアトワール公爵のことは知っていた。父の友人でもあるアトワール公爵イザックはなかなか遠慮のない性格で、王子であるアランにも平気で苦言を呈するような男だった。教師の目を盗んで授業をさぼっていたアランを見つけては、王子たるものうんたらかんたらと説教をはじめるので、あの当時はあの男がとにかく苦手だったのを覚えている。

そんなある日のことだった。

イザックが愛娘オリヴィアを城に連れてきたと母から聞いたアランは、あの口やかましい公爵の娘は一体どんなものだろうと興味を覚えた。

聞けば、イザックは今年五歳になる娘にめろめろらしい。とにかく溺愛していて、娘自慢がはじまればそれはそれは長くなるそうだ。きっと甘やかされて育った娘に違いない。そう思った。

（人には勉強しろと文句ばかり言うくせに、自分の子供には甘いのか。ふん、いいだろう、どんなものか見てやろうじゃないか。そして次に何か言われたときには、お前の娘はどうなんだと逆にやり込めてやるんだ）

オリヴィアは庭にいるらしい。ベンチに座って本を読みながら、父親の用事が終わるのを待っているそうだ。

アランが庭に向かうと、庭のアーモンドの木の下のベンチに、肩ほどまでの艶やかなプラチナブロンドの子供がいた。

ふっくらとした頬に、大きなエメラルド色の瞳。ベンチに座って、地面につかない足を小さく揺らしながら、膝の上に広げた分厚い本を読んでいる。子供には似つかわしくないほどの分厚い本だ。遠目からでもそれが絵本でないのは一目瞭然で、愛くるしい顔立ちの子供と学者が読むような分厚い本との組み合わせに強い違和感を覚える。

イザックは、五歳の子供に何を読ませているのだろう。どう考えても子供の暇つぶしに渡すような本ではあるまい。

アランはオリヴィアが可哀そうになってきた。きっとイザックは少しおかしいのだ。五歳の子供にあんな分厚い本を読むことを強要するなど、ある意味虐待だろう。母はイザックが娘を溺愛していると言っていたが勘違いに違いない。溺愛する娘にあのような本を渡すだろうか。

オリヴィアにひどく同情したアランは、幼い子供の暇つぶしにつきあってやろうという気になった。オリヴィアは退屈しているはずだ。五歳の子供が何を好むかわからないが、話し相手くらいにはなってやろう。なんならアランがオリヴィアくらいのころに読んでいた絵本を持ってきてやってもいい。

そう思いながら近づくと、足音で気がついたのか、オリヴィアはきょとんとした顔でアランを見上げた。アランが名乗ると、慌てて立ち上がって、ひらひらのワンピースの裾を持ってちょこんと礼をする。

「オリヴィア・アトワールと申します。はじめまして、アラン王子殿下」

五歳のわりにはきはきと喋る。少したどたどしい礼も子供にしては完璧だろう。言葉遣いも問題ない。厳しくしつけられているのがわかる態度だ。

(……こんな幼い子供に)

アランはこのとき、少なからずイザックに怒りを覚えていた。アランが五歳のときなんて、庭で駆け回って遊んでばかりいた。侍従たちを振り回し、灌木の陰に隠れては脅かして遊んだ。マナー教育は七歳になってからだった。両親は、幼いうちは遊ぶことが仕事だと言ってアランを勉学に縛りつけるようなことはしなかったし、多少のいたずらなら大目に見てもらえた。その幼いころの楽しみを、イザックは娘から取り上げたのだ。

アランは、幼い子供の欠点をあげつらってイザックをやり込めてやろうと考えていた当初の目的をすっかり忘れて、オリヴィアにどうやって子供らしい遊びを教えようかと考えはじめた。やはり鬼ごっこやかくれんぼだろうか。だが、ひらひらのワンピースを着て、走りにくそうな赤い靴を履いているオリヴィアには、そのどちらの遊びもそぐわない気がした。

(……そう言えば、サイラスはトランプが好きだったな)

アランは二つ年下の弟のことを思い出した。あの弟は庭で走り回って遊ぶのを嫌い、部屋の中で絵本を読んだり、カードゲームやボードゲームをすることを好んでいたはずだ。アランには何が楽しいのか理解できなかったが、今日のオリヴィアの格好を見る限り、そちらのほうが合っている気がする。

「オリヴィア、僕の部屋でトランプで遊ぼう」

アランが誘えば、オリヴィアは首をこてんと傾げて考え込んだ。きっと、父親の許可なく違う場所へ行っても大丈夫なのかと思っているのだろう。オリヴィアの逡巡が手に取るようにわかったので、アランがアトワール公爵には伝言を頼んでおくから大丈夫だと言えば、オリヴィアはそれならばと頷いた。あんまり嬉しそうには見えなかったが、きっと緊張しているのだろう。そうに違いない。

アランはオリヴィアの手には重すぎるだろう本をかわりに持ってやって、自分が使っている子供部屋へ向かう。

オリヴィアは部屋に入ると目を丸くした。アランの使っている子供部屋は、いろいろなところがボロボロだからだろう。アランが室内で模擬刀を振り回すから、壁がへこんでいたり、棚が壊れていたりする。壁紙は落書きだらけで、床にはおもちゃが散乱している。最初はこまめに修繕されていた気がするが、アランがすぐに破壊するので、最近はそのまま放置されているのだ。どうせあと二年もすれば、ここよりもっと広い部屋に移る。直してもきりがないから、二年くらい放っておこうと大人は考えているに違いない。

アランは床に散らかしているおもちゃを部屋の端っこに押しやって、カーペットの上にじかに座った。ソファもあるがおもちゃが並んでいるのですぐには使えない。

「よし、トランプで遊ぶぞ」

オリヴィアは戸惑った表情を浮かべながら、アランと向かい合うように座った。

「トランプを全部裏にして並べて、交互に二枚ずつめくって、同じ絵柄がそろったら手元に取っていくんだ。最後に多くカードを取っていたほうが勝ちだぞ」

オリヴィアが頷いたので、アランはカードをカーペットの上に並べていく。

「最初はオリヴィアからだ！」

アランは、相手は五歳の子供だから手加減してやろうと考えながら、オリヴィアがカードをめくるのを見つめていた。

「もう一回勝負だオリヴィア！」

アランはむきになっていた。それはもう、かなりむきになっていた。

カーペットの上でぐしゃぐしゃとトランプを混ぜる。かれこれ、これで五戦目だ。

（なんで勝てないんだ！）

手加減してやろうと思いながらはじめたカード遊び。だが、あれよあれよという間にオリヴィアがカードを回収していき、気がつけば敗戦続きのアランは手加減なんて考えていられなくなっていた。

どういうことだろう。相手は五歳児だ。どうして勝てない。何度やっても、大差をつけてオリヴィアが勝つのだ。まるでオリヴィアには、裏返したカードの数字が見えているかのように。

（おかしい、絶対におかしい！）

最初はそれほど差はつかない。それなのに、ゲーム終盤になると、怒涛の勢いでオリヴィアがカードを回収していく。意味がわからない。

「オリヴィア、お前、強すぎないか？」

七回連続でオリヴィアに敗北したところで、アランはとうとう自分の負けを認めた。どんなからくりなのかはわからないが、勝てない。きっと秘密があるのだろうとアランがオリヴィアに理由を訊ねると、オリヴィアは不思議そうな顔をした。

「だって……、カードは動かないので」

「は？」

「どこにどの数字があるのか、一度めくったときに覚えておけば、何度か繰り返せば、だいたい全部わかるし……」

「……は？」

アランはぱちぱちと目をしばたいた。つまりオリヴィアは、一度めくったカードの数字をすべて記憶していたということだろうか。五歳児のくせに？　いやいや、ありえないだろう。

アランは唖然とするが、オリヴィアはさも当たり前のような顔をしている。

その涼しそうな表情に、アランはちょっとむっとした。五歳児にバカにされたような気がしたのだ。

「次は違うゲームだ！」

オリヴィアは数字を覚えることが得意なのかもしれない。それならば、数字を覚えただけではどうにもならないゲームをすればいい。

アランはほくそ笑み、ポーカーのルールをオリヴィアに教えた。ポーカーは五歳児には難しすぎるだろう。今度こそアランの全勝に違いない。そう思いながら、機嫌よくカードを配ったアランだったが——。

結果は、全敗だった。

（あのとき、オリヴィアの非凡さを嫌というほど思い知らされたのに、どうしてころっと忘れていたのだろうか、私は……）

もしアランがオリヴィアの非凡さを覚えていたら。それに嫉妬して余計なことを言わなかったら。オリヴィアの演技に気がついていたら。……今、このような結果を迎えてはいなかっただろう。

☆

「オリ――、アトワール公爵令嬢」

癖でオリヴィアと言いそうになって、アランは慌てて言い直す。婚約者ではないのだから家名で呼んでほしいとオリヴィアに言われていたことを思い出したからだ。長く呼び続けた「オリヴィア」という響きを口にすることは、もうアランには許されない。

オリヴィアがまつげを揺らしながら顔を上げる。彼女のエメラルド色の瞳が自分だけを映し出す。まるで世界に二人きりになったような錯覚を覚えて、アランは陶酔しそうになった自分を戒めるようにぐっと拳を握りしめた。

「アラン殿下？」

オリヴィアが不思議そうに首を傾げた。首を傾げた拍子に、さらりと揺れるまっすぐなプラチナブロンド。無性に触れたくなって、けれども触れる資格はないのだと自身を戒めて、アランはオリヴィアの対面に座る。

「何を読んでいたんだ？」

「これですか？　これは、古代王朝時代の生活様式に関する本です」

「楽しいか？」

「ええ、とっても」

アランは苦笑した。アランにはその本の何が楽しいのか理解できない。だが、サイラスならばオリヴィアとその楽しさを共有できるのだろう。それがちょっと悔しい。

「殿下も読書ですか？」

「いや……、私は、オリヴィ――、アトワール公爵令嬢に用事があったのだ」

アランが言い直すのを聞いて、オリヴィアは小さく笑った。

「オリヴィアでかまいませんよ」

「……だが」

「すみません。あのときはわたくしもちょっと頭にきていて、ついつい当て付けみたいに名前で呼ぶななんて言ってしまいました。子供みたいなことをして申し訳ありませんでした。なので、今まで通りオリヴィアでいいです」

「そうか。……君も、怒ることがあるんだな」

アランはオリヴィアから名前を呼ぶ許可を得てほっとすると同時に、彼女があのとき怒っていたという事実に驚いた。なぜなら婚約破棄を言い渡したとき、オリヴィアは笑っていたからだ。どこにも怒っている様子はなかったし、そもそもオリヴィアが「怒る」とは思わなかった。アランの前で彼女が怒ったことなど一度もなかったからだ。

オリヴィアはきょとんとした。

「ありますよ？　わたくしも人間ですし……」

「そうだな。君は人間だ。人形じゃない」

何を言っても表情を変えないオリヴィアを、人形のようだと思ったことがあるアランは後ろめたくなって視線を逸らす。オリヴィアを「人形」のようにしたのは自分なのだと、改めて思い知らされた。彼女は、サイラスの前ではころころと表情を変える。

「オリヴィアは、どんな本が好きなんだ？」

「そう、ですね……。比較的なんでも読みますけど、知らないことが書かれた本が好きです。新しいことを知るのは楽しいですから」

「なるほどな」

今さらながらに、オリヴィアが好きなものを何一つ知らない自分が情けなくなる。オリヴィアの好きな本、好きな色、好きな花に好きな食べ物――、何一つ知らない。いったいこの十一年、自分は何をしていたんだと過去の自分を殴りたくなった。

「君のおすすめの本を教えてくれないか。それを読んでみたい」

「それはかまいませんけど……」

オリヴィアは怪訝そうだったが、顎に手を当てて考え込むと、おもむろに席を立った。少し離れた本棚から、一冊の本を取ってくる。差し出されたのは、ここより東方にある国の武術の本だった。オリヴィアがこの本を持ってきたのが意外で目を丸くすると、彼女は微笑んで言った。

「殿下は剣術を学ばれるのがお好きですから、ご興味があるかと思いまして。剣術の本です」

「……君は、これを読んだことが？」

「昔、東方文化を調べたときに」

「……意外だったな」

オリヴィアが武術に関する本を読んだことがあることもそうだが、なによりアランの好きなものを知っていたことに驚いた。アランはオリヴィアに、自分が剣術を学ぶことが好きだと伝えたことはない。オリヴィアの前で剣の稽古をしたこともない。どうして彼女はそれを知っていたのだろう。

仕事にしてもそうだ。アランに内緒で、アランの仕事を手伝ってくれていた。……考えなくてもわかる。オリヴィアはオリヴィアなりに、アランと向き合おうとしてくれていたのだろう。婚約者だから仕方なくかもしれない。それでも彼女は、アランから目を背けたりはしなかった。

「……オリヴィア、すまなかった」

謝ったところで、過去が変わるわけではない。もともとオリヴィアを探していたのは、改めて彼女にこれまでのことを謝罪したかったからだが、謝罪を受け入れてもらって自分がすっきりしたかったのもあったかもしれない。だが、そんな卑怯な考えはこの瞬間、アランの頭から完全に抜け落ちた。ただただ、彼女に謝りたい。

「殿下。王族がむやみに頭を下げるものではありませんよ」

オリヴィアは、いつぞやの母と同じことを言う。謝罪はこの前いただきましたと言う彼女は、すでに今までのことを水に流してくれたのかもしれない。その優しさに甘えたくなる一方で、ここで甘えてはこの先自分は何も変われないのではないかとアランは思った。

アランは顔を上げ、オリヴィアのきれいな緑色の瞳をじっと見つめた。

「見ていてほしい。今からだって、人は変われる。君に見直したと、そう言わせてみせるから」

アランが宣言すると、オリヴィアはくすりと小さく笑う。

「はい。アラン殿下ならきっと」

アランが変わったところで、オリヴィアはもうサイラスのものだ。アランのそばに戻ってきてくれることはないだろう。けれどもいつか、オリヴィアが笑って「見直しました」と言ってくれるその日が来れば――。

アランはオリヴィアの選んでくれた本の表紙を撫でて、目を閉じた。

あとがき

ＰＡＳＨ！ブックスさんでははじめましてとなります、狭山ひびきです。この度は本作をお手に取っていただきありがとうございます！

今年は猛暑というより酷暑の年でしたね。あとがきを書いている現在、外ではゆうに35℃を超えておりまして、早く冬になれ～と憎たらしいほどの青空に向かって念を送る毎日です（笑）。ああ、山盛りのかき氷が食べたい……。

さてさて、本作『王太子に婚約破棄されたので、もうバカのふりはやめようと思います』はお楽しみいただけましたでしょうか？　オリヴィアの図書館好きは、現実を忘れて本に埋もれて生きたいという作者の願望の現れです。さすがにオリヴィアのように小難しい読み物は読みませんけどね。肩が凝りそうなので。

そうそう、肩が凝るといえばちょっと前に肩こりが限界に達しまして、マッサージに行ってまいりました。もうね、よくここまで耐えたねとマッサージ師さんに笑われましたよ。首、肩、肩甲骨まわり、腰とバキバキだったそうです。そりゃ頭も痛くなるはずだよ。しっかり一時間半マッサージしてもらったので、現在はすこぶる好調です。プロはすごいですね。今度からこまめにマッサージに行こうと思います。

では、ここからはすこーしだけネタバレがありますのでご注意願います。

本作でオリヴィアのライバル（？）キャラとして登場するティアナですが、正直言って、彼女を書くのはすっごく楽しかったです。めちゃめちゃ自己肯定感と自己愛の高いキャラとして描いたのですが……いや、ここまで自分が大好きだったら人生楽しいだろうなあ。周囲には甚大なる被害を出しそうではありますが。そして今回のヒールキャラのアラン王子も比較的気に入っています。いろいろから回ってしまったアラン王子ですが、根は悪い奴ではないので、きっとここから成長してくれるはず。頑張っていただきたいものです。

オリヴィアとサイラスについては、うん、サイラスがんばれ〜ってところでしょうか。オリヴィアは恋愛に関してはぽや〜んとしているので、サイラスががんばらないと先に進みません。ぜひ、ぐいぐい行っていただきたいですね。


本作品のイラストレーターを引き受けてくださいましたのは、硝音あや先生でございます！カバーイラストをいただいた時はあまりに綺麗なイラストに狂喜乱舞してしまいました。本当にありがとうございます！

そして、担当様、この本の制作にかかわってくださった皆々様、何より読者の皆様、本当にありがとうございます！

それでは、またどこかでお逢いいたしましょう。

狭山ひびき

この本を読んでのご意見・ご感想・ファンレターをお待ちしております。
〈宛先〉　〒104-8357　東京都中央区京橋 3-5-7
　　　　（株）主婦と生活社　PASH！編集部
　　　　「狭山ひびき先生」係
※本書は「小説家になろう」（https://syosetu.com）に掲載されていたものを、改稿のうえ書籍化したものです。

王太子に婚約破棄されたので、もうバカのふりはやめようと思います

2021年10月11日　1刷発行

著者　狭山ひびき
編集人　春名 衛
発行人　倉次辰男
発行所　株式会社主婦と生活社
〒104-8357　東京都中央区京橋 3-5-7
03-3563-5315（編集）
03-3563-5121（販売）
03-3563-5125（生産）
ホームページ　https://www.shufu.co.jp
製版所　株式会社二葉企画
印刷所　大日本印刷株式会社
製本所　共同製本株式会社
イラスト　硝音あや
デザイン　井上南子
編集　黒田可菜

　ISBN978-4-391-15682-9